KB189736

말실수가 두려운
사람을 위한
우리말 사용법

말실수가 두려운
사람을 위한
우리말 사용법

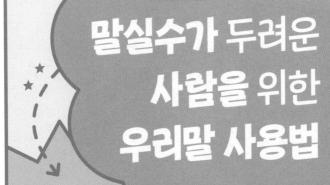

(며칠 / 몇일) 동안 큰일
(치르느라 / 치루느라) 고생 많았어.
정말 산 (넘어 / 너머) 산이었어.
(틈틈이 / 틈틈히) 잠은 좀 잤고?
응. 근데 새벽에 깨어 있는 게
(익숙지 / 익숙치) 가 않더라.
(이따가 / 있다가) 집에 가면 좀 쉬어.
그 전에 잠깐 카페 좀 (들르자 / 들리자)
그래. 문에 (부딪히지 / 부딪치지) 않게 조심해.
(한창 / 한참) 길 막히는 시간이니까
조금만 (있다가 / 이따가) 가자.

이경우
지음

더 이상 말실수로 지적받고 싶지 않다면?

헷갈리는 맞춤법부터 상황에 맞는 말까지
'아' 다르고 '어' 다른 필수 어휘 46

유노
북스

우리말에
주눅들지 않아야
말실수가 사라진다

힘든 일이 끝이 보이지 않을 때는 '산 너머 산'이 아니라 '산 넘어 산'이다.

'심심한 사과'는 지루한 사과가 아니라 '진심이 담긴 사과'다.

"사겨 보지 않을래?"라는 고백은 "사귀어 보지 않을래?"라고 해야 맞다.

자기소개서의 맞춤법을 틀려서 탈락한 적이 있는가?

부족한 어휘력 때문에 창피당한 적이 있는가?

중요한 순간에 말을 잘못해서 결과가 달라진 적이 있는가?

살면서 말실수를 해 보지 않은 사람은 없을 것이다. 우리말을 사용하는 사람이라면 한 번쯤은 헷갈려서 잘못된 단어를 쓰거나, 상황에 맞지 않는 말을 하거나, 맞춤법을 틀려 본 적이 있다. 그래서 그런지 우리말이 어렵다고들 한다. 하지만 정말 우리말이 어렵다는 게 아니다. 맞춤법이나 표준어 규정 같은 규범이 어렵다는 말이다.

어떻게 해야 할까? 어떻게 해야 말실수가 사라질까? 이 물음에 이 책이 조금이라도 도움이 됐으면 좋겠다. 살아가면서 꼭 알아야 할 최소한의 우리말을 최대한 쉽고 친절하게 안내하려고 노력했다. 대체로 규범에 따라 '바른 말'로 가라고 안내를 했다. 그러나 규범에 지나치게 주눅 들 필요는 없다. 규범이 현실과 동떨어져 보이는 것들도 있다. 이럴 때는 일상의 말글살이에서 반드시 규범을 따를 일은 아니다. 우리의 말글살이를 어지럽히거나 소통에 치명적인 지장을 주지 않는다면 말이다.

맞춤법에는 받아들이기 힘든 내용도 있다. 그래도 오랫동안 지켜 온 어문 규범이라는 엄중함을 거부하기가 쉽지 않았다. 주춤주춤 머뭇거리다 다른 말로 바꿨다.

예를 들어 '우윳값' 대신 '우유 가격'이라고 했다. 규범에는 이런 힘이 있었다. 여러 신문에서 어색한 사이시옷을 피한다. 사이시옷 규정은 까다로웠다. 사잇소리가 난다고 사이시옷을 다 붙이는 게 아니었다. 순우리말인지, 한자어인지, 외래어인지 어원을 알아야 했다. 이런 것들에 대해서도 말하고 싶었다.

교과서라면 혹 모를까, 언론은 현실적이어야 했다. 과거나 이상이 아니라 현실과 소통해야 했다. 일상의 말글살이도 그럴 수밖에 없다. 일상에서도 교과서의 말만 따를 일은 아니다. 정확히 알아야 할 내용을 밝히되 받아들이기 힘든 내용은 현실적으로 대안을 제시하고자 했다.

1장에서는 한 끗 차이 때문에 헷갈리는 단어들의 뜻을 제대로 알 수 있도록 풀어냈고, 2장에서는 상황과 상대에 맞춰 적절하게 사용해야 하는 표현들을 안내했다. 3장에서는 면대면 소통이 줄어들고 메신저 소통이 늘어난 만큼

말실수가 두려운 사람을 위한 우리말 사용법

가장 많이 헷갈리는 맞춤법들의 원리를 정확히 이해할 수 있도록 설명하려고 노력했다. 일상에서 가장 많이 틀리는 최소한의 어휘만 담았다.

예전의 나는 표준어를 지키는 전사 같았다. 표준어가 아니면 쓰지 않으려고 많은 노력을 했다. 기사에 수없이 나오던 '굽신거리다'를 '굽실거리다'로 고쳤다. 지금은 둘 다 표준어지만, 예전에는 '굽신거리다'가 비표준어였다. 표준어가 아닌 말은 '틀린 말'이었다.

'틀린 말'이라니. '다른 말'은 있어도 '틀린 말'은 없었다. 표준어는 필요한 장소에서 잘 쓰면 됐다. 이 책은 표준어에 맞추지 못할까 봐 미리 겁먹는 사람들에게 그럴 필요 없다고 말한다.

어떤 말들은 경계가 흐릿하다. 흐릿함이 일상을 더 반영할 때도 있지만, 오해를 불러올 때도 있다.

예를 들어 '자정'은 하루의 시작인지, 끝인지 불분명하다. 누구는 시작으로 알고, 누구는 끝으로 알고 쓴다. 특정한 날짜를 써 놓고 '자정'이라고 하면 하루 차이가 날 수도 있다. 이런 말들은 상황에 따라 다른 표현으로 대체하는 게 낫다.

'주인공'과 '장본인'은 두루뭉술 섞어 쓰는 예가 흔하다. '주인공'은 좋은 사람이고, '장본인'은 나쁜 사람이다. 구별해야 말글살이가 분명해진다. 자칫 상대의 기분을 흐릴 수도 있기 때문이다. 이런 말들도 소개했으니 찾아보면 좋겠다.

많이 오가는 말 가운데는 작은 차이로 헷갈리는 것들도 있다.

'있다가'와 '이따가'는 뜻도 다르고, 쓰임새도 다르다. '조금 뒤에'라는 뜻으로 '있다가'를 쓰면 건네는 말의 품질이 나빠질 수 있다. 그렇지만 국어사전을 찾아도 구분하기가 쉽지 않다.

'애끊다'와 '애끓다'는 비슷하지만, 차이가 있다. 애끊을 때도 있고, 애끓을 때도 있다. 상황에 어울리는 말을 선택해야 문장의 의미가 더 선명해진다.

인공지능이 맞춤법을 알려 주고, 낱말도 표현도 문장도 다듬어 준다. 그러나 내 말과 글은 내 생각 아래 있도록 챙겨야 한다. 기계에 많이 기대면 내 말이 아닌 말이 된다. 수정된 글은 내 눈으로 살필 수 있어야 한다. 다듬고 또 다듬어야 한다. 그런다고 완전을 기대하면 안 된다. 언어는 본래부터 불완전하다. 더 섬세하고 더 정확해지도록 닦아야 한다. 이 책이 조금이라도 보탬이 될 수 있기를 바란다.

차례

1장　누구나 착각하기 쉬운 우리말 차이

2장 상황과 상대에 맞게 써야 하는 우리말 표현

3장 차마 지적하기 어려운 우리말 맞춤법

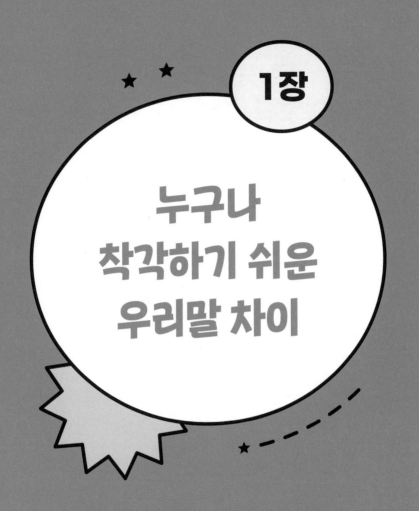

1장

누구나
착각하기 쉬운
우리말 차이

왜 주책에는 없다가 붙고,
안절부절하다와 칠칠하다에는
못하다가 붙게 됐을까?

'주책'은 "일정하게 자리 잡힌 주장이나 판단력"을 뜻한다. 주로 부정적인 말과 섞여 쓰인다.

"그가 주책도 없이 웃었다."

이런 어울림은 '주책'보다 '없다'가 더 눈에 띄게 한다. '주책'에 부정적인 뜻이 담기기 시작했다. 다음 문장들에서처럼 '주책'에 "일정한 줏대가 없이 되는 대로 하는 짓"이라는 뜻이 생겼다.

'주책'과 '없다'가 아예 한 단어처럼 붙어 쓰이기 시작했다. "일정한 줏대 없이 이랬다저랬다 해서 몹시 실없다"는 말, '주책없다'가 됐다.

"나는 주책없이 눈물만 흘렸다."
"그가 주책없어 보인다고 했다."

그러다 '주책이다'도 비슷한 뜻으로 쓰이기 시작했다. 너도나도 "참 주책이네"같이 쓰자 '주책이다'도 표준어가 됐다. '주책맞다', '주책스럽다'도 비슷한 말로 국어사전에 실렸다.

"그 사람은 주책이 심해."
"그는 여러 사람 앞에서 주책을 부렸다."

한때 '주책없다' 대신 '주책이다'를 쓰면 잘못이라고 질타하던 사람들도 꽤 있었다. 신문 기사에서는 '주책이다'가 '주책없다'로 바뀌기도 했다. 이처럼 말을 바꾸고 기준을 만드는 것은 대중이었다.

'안절부절'은 "마음이 초조하고 불안하여 어찌할 바를 모르는 모양"이라는 뜻이다.

"그는 안절부절 어쩔 줄 모른다."

'안절부절'도 부정적인 말 '못하다'와 자주 어울려 쓰였다. 그러자 사람들이 '안절부절못하다'도 한 단어로 쓰기 시작했다.

"그는 거짓이 드러날까 봐 안절부절못했다."

그렇게 힘을 얻은 '안절부절못하다'가 표준어가 됐다. 같은 뜻으로 쓰이던 '안절부절하다'는 유감스럽게도 표준어에서 제외됐다.

그래도 '안절부절하다'는 꽤 쓰인다. "그는 거짓이 드러날까 봐 안절부절했다"라고도 한다. 그런다고 잘못 받아들이는 사람도 없다. 그리고 다음 같은 상황에서는 오히려 '안절부절못하다'가 정말 어색한 말이 되고 만다.

"안절부절못하면 안 돼."

너무 어색해서 "안절부절하면 안 돼"라고 쓴다. "안절부절못하지 마"라는 말은 더 어색하다. 그래서 그냥 이렇게 말한다.

"안절부절하지 마."

신문 기사에서도 '안절부절하다'를 그냥 둘 때가 많다. 언제나 표준어를 써야 하는 건 아니니 말이다.

'칠칠하다'도 부정적인 말과 주로 어울려 쓰인다. 본래 "나무나 풀, 머리털이 잘 자라서 보기 좋다"라는 말인데, 이런 의미로 '칠칠하다'를 쓰는 예는 찾기 힘들어졌다.

다음 문장에서처럼 "깨끗하고 단정하다" 또는 "성질이

칠칠하다   칠칠맞지 못하다

'주책이다', '안절부절하다', '칠칠하다'의 뒤에 '없다'나 '못하다'가 붙어
부정적인 표현이 되었다는 것을 기억하자.

나 일처리가 반듯하고 야무지다"라는 뜻으로 주로 쓰인다. 이렇게 뜻이 넓어지면서 '못하다', '않다'와 더 어울려 쓰이기 시작했을지도 모른다.

"그가 칠칠치 못하게 물을 흘렸다."
"그는 하는 일이 모두 칠칠하지 않았다."

주로 '못하다', '않다'가 뒤에 오는 '칠칠하다'는 뭔가 깔끔하지 않다는 말로 받아들여지기 시작했다.

'칠칠하다'와 같은 뜻이지만, 조금 속된 말인 '칠칠맞다'는 더욱 그렇다. 깨끗하고 단정하다는 뜻 대신 '칠칠치 못하다'는 의미로 사용된다. '칠칠하다'도 '칠칠맞다'도 국어사전의 뜻풀이와 달리 현실에서는 '칠칠치 못하다'와 같은 뜻으로 쓰인다. 그래서 '칠칠하지 않은' 일을 가리킬 때 누군가 '칠칠하다'고 말하거나 쓴다고 지적하는 건 지나쳐 보인다. "그가 칠칠하게 물을 흘렸다"라는 말을 "그가 반듯하게 물을 흘렸다"라고 오해할 사람은 없다.

오전 12시와 오후 12시,
밤 12시와 낮 12시,
자정과 정오가 헷갈리나요?

"열차는 오전 12시까지 운행합니다."

"계약서의 효력은 1일 자정부터 발생합니다."

열차를 '오전 12시'까지 운행한다고 하고, 어떤 계약의 효력이 '자정'부터 발생한다고 한다. 사람들은 어떻게 받아들일까? 오해 없이 잘 전달될까? '오전 12시'와 '자정'은 짐작처럼 그리 선명하지 않다.

우선 '오전 12시'와 '오후 12시'를 짚고 가 보자. 《표준국어대사전》에 따르면 '오전'은 하루가 시작되는 "밤 12시부터 낮 12시까지의 시간"이고, '오후'는 "낮 12시부터 밤 12시까지의 시간"이다. 이 사전에 따르면 '오전 12시'는 두 가지 뜻으로 해석된다.

첫 번째는 '밤 12시', 두 번째는 '낮 12시'다. 따라서 "열차는 오전 12시까지 운행합니다"에서 '오전 12시'는 '밤 12시'일 수도 있고, '낮 12시'일 수도 있다. 12시간이라는 시간 차이가 난다. '오전 12시'라는 말은 자칫하면 큰 오해를 불러올 수도 있다. '밤 12시'를 가리키는 것인지, '낮 12시'를 가리키는 것인지 분명하게 해 놓아야 오해가 없다.

'오후 12시'도 두 가지 의미로 받아들여진다. "열차는 오후 12시까지 운행합니다"라고 하면 '오후 12시'는 '낮 12시'일 수도 있고, '밤 12시'일 수도 있다. 역시 12시간이라는 차이가 난다. 상황을 알지 못하면 '오후 12시'도 오해를 낳는다.

'낮 12시'가 오전인지, 오후인지 자꾸 물어도 답하기 어렵다. '낮 12시'는 오전의 끝인 동시에 오후의 시작이다. 오전이기도 하고, 오후이기도 하다. 오전도 아니고, 오후도 아니다. 물론 '낮 12시 1분'은 오전을 지나 오후로 들어선 것이니 '오후 12시 1분'이라고 해도 문제가 생기지 않는다.

한낮이 되면 서울 도심에 있는 대한성공회 서울주교좌 성당에선 종소리가 울린다. '낮 12시'를 알리는 소리다. 누구는 '낮 12시'를, 누구는 '정오'를 알리는 종소리라고 한다. '정오'는 '낮 12시'를 가리키는 또 다른 말이다.

"정오의 종소리."
"정오 음악회."
"정오 뉴스."

'정오'는 '낮 12시'와는 다른 느낌을 준다. 시간의 흐름 속에 있지 않고 멈춰 있는 점, 빈 공간 같아 보이기도 한다. '정오'를 두고는 '오전'인지, '오후'인지를 따지지 않는다.

'밤 12시'도 '오전'이냐, '오후'로 따지면 힘들어진다. '낮 12시'처럼 '밤 12시'도 '오전'이기도 하고, '오후'이기도 하다. 오후의 흐름 끝에 있으니 '오후'라는 느낌이 더 강할 수는 있다. 그렇지만 '밤 12시'는 '하루'의 끝이면서 시작이기도 하다. '밤 12시'가 넘는 순간 날짜가 달라진다. '1일 밤 12시'는 '1일'이지만, 여기서 1분이 지난 '밤 12시 1분'은 '1일'이 아니다. 그런데 누군가 이것을 '1일 밤 12시 1분'이라고 적으면 독자는 '1일'이 막 시작된 '밤 12시 1분'을 생각할 것이다. '2일'이 시작된 시간인데, '1일'이 시작된 시간으로 알게 된다. 24시간이라는 시간 차이가 난다.

이때는 '1일 밤 12시 1분'이 아니라 '2일 0시 1분'이라고 적어야 오해가 안 생긴다. '새벽 0시'라는 표현도 보이는데, '새벽'을 굳이 강조하려는 뜻이 아니라면 그냥 '0시'라고 하는 게 간결하고 낫다.

'밤 12시'는 '자정'이라고도 한다.《표준국어대사전》에서 '자정'을 찾으면 "자시의 한가운데. 밤 12시를 이른다"라고 돼 있다. '밤 12시'여서 하루의 시작이 아니라 끝 지점같이 들린다. 그런데 '밤 12시'처럼 '자정'도 끝이면서 동시에 시작이기도 하다. '자정'을 하루의 끝인 '밤 12시'로 알고 쓰는 사람이 많지만, 시작인 '0시'로 알고 쓰는 사람들도 꽤 있다. 하지만 자정부터 자초까지 24시간으로 나눈 옛날의 시간제를 보면 '자정'은 시작하는 시간이다. 소사전인《훈

'자정', '정오', '오전 12시', '오후 12시'는 상대에게 오해의 소지를 줄 수 있는 말이다. 따라서 모두가 이해하기 편한 '밤 12시'와 '낮 12시'로 쓰는 건 어떨까?

민정음 국어사전》은 자정을 '0시'라고 풀이해 놓았다. '자정'이 시작점이라는 것을 분명히 밝혀 놓은 것이다.

'자정'은 현실에서 쓰이는 의미에서도, 국어사전의 풀이에서도 시작인지, 끝인지를 두고 갈린다. 누구는 '밤 12시'로 알고, 누구는 '0시'로 안다. 같은 시간을 두고 나타내는 말이 다른 것이지만, 날짜를 밝히면서 사용할 때는 주의가 필요하다. '자정' 역시 24시간의 시간 차이를 불러올 수 있다.

"계약서의 효력은 1일 자정부터 발생합니다"에서 '1일 자정'은 '1일 밤 12시'를 알리려고 했을 가능성이 크다. 그렇지만 '1일 0시'로 아는 사람도 있다. 날짜가 같이 있는 문장에서 '자정'이라고 하면 24시간, 하루의 차이를 가져올 수 있다. 이럴 때 언론 매체에서는 '자정'을 금기시한다.

말실수가 두려운 사람을 위한 우리말 사용법

★★★★★

길을 가다가
문에 부딪히면 멍이 들고
시선이 부딪치면 정이 든다

출근 시간이 조금 지난 사무실. 신입 사원이 헐레벌떡 들어온다. 그를 향한 눈총들이 곳곳에서 날아든다. 그중에서도 팀장의 눈이 이마로 향하자 신입 사원은 연신 고개를 숙이며 손으로 이마를 짚는다.

"회전문에 살짝 부딪혔어요."

그런데 살짝이 아니었다. 빨갛게 부어오른 게 무척 아파 보였다. 팀장이 말했다.

"살짝 부딪친 게 아니네요. 저런, 많이 아프겠어요."

팀장뿐 아니라 모두 걱정하는 표정이었다. 팀원들은 자신도 모르게 신입 사원을 향한 눈총을 거둬들였다. 신입 사원은 이내 마음의 평화를 얻었다. 분위기를 바꾸려는 팀장이 다른 말을 꺼냈다.

"그런데 말이에요. '부딪치다'예요, '부딪히다'예요? 이거 자꾸 헷갈리네요."

맞춤법을 좀 아는 신입 사원이 바로 대답했다.

"둘 다 쓸 수 있습니다. 의미가 조금 다를 뿐입니다. 엄밀하게 따지면 좀 전에 저는 '부디쳤다'고 발음한 거고, 팀장님께서는 '부딛쳤다'고 발음하신 겁니다. 아마 그럴 겁니다. 글로 적으면 '부딪혔다'와 '부딪쳤다'가 되는데, '부딪혔다'에는 '당했다'는 의미가 있고, '부딪쳤다'에는 그런 의미가 없습니다. 저는 제가 피해를 입었다는 뜻에서 '부딪

혔다'를 사용한 거고, 팀장님께서는 그런 뜻 없이 세게 닿
았다는 의미로 '부딪쳤다'를 쓰신 거죠."

신입 사원의 말대로 '부딪히다'에는 피동의 뜻이 있다.
문장의 주체가 다른 힘에 의해 동작을 하게 된다.

"도둑이 경찰에게 잡히다."
"창문이 바람에 닫히다."
"길이 사람들로 막히다."

'잡히다', '닫히다', '막히다'가 모두 '동작을 하게 되는' 말
들이다. '히'가 피동의 뜻을 갖게 한다.
'부딪히다'에 '피동'의 뜻이 있다면 '부딪치다'에는 '강조'
의 뜻이 있다. '부딪치다'는 '부딪다'를 강조한 말이다. 무
엇과 무엇이 힘 있게 마주 닿는다는 것을 뜻하는 '부딪다'
를 세게 표현한 말이 '부딪치다'다. '치'가 그런 구실을 하
게 한다.

"가시가 돋치다."

"힘이 넘치다."

"사람들을 밀치다."

'돋치다', '넘치다', '밀치다'에서 '치'가 모두 '강조'다.

그런데 일상에서 '부딪다'를 쓰는 일은 찾기 힘들다. '부딪다' 대신 대부분 센말 '부딪치다'를 사용한다. 그러다 보니 발음이 거의 같은 '부딪치다'와 '부딪히다'가 헷갈리기 시작한다.

신입 사원이 회전문에 '부딪힌(부딪친)' 것과 비슷한 상황이 자연 현상에도 있다. 예를 들면 파도는 늘 바닷가 바위에 세게 닿는다. 이때 파도는 바위에 '부딪치는' 걸까, '부딪히는' 걸까? 일상적으로는 파도가 부딪음을 당한 것으로 보지 않는다. 파도가 바위에 '부딪치는' 것이라고 본다. 특별하지 않다면 '파도가 바위에 부딪쳤다'고 적는 게 적절하다. 국어사전의 예문들에도 '파도가 바위에 부딪쳤다'는 것만 보인다. 그런데 시인의 눈으로 보면 파도가 부딪음을 '당한' 것으로도 볼 수 있다. 이때 시인은 '파도가

말실수가 두려운 사람을 위한 우리말 사용법

바위에 부딪혔다'고 쓰게 된다. 시인의 눈에는 파도가 부딪음을 당한 것이니 말이다.

"길을 걷다가 그와 부딪쳤다."

당연히 '부딪치다'이다. 여기에는 '피동'의 의미가 들어갈 일이 전혀 없다. 서로 충돌한 상황이기 때문이다. 이렇게 서로 둘이 부닥칠 때는 '부딪치다'가 어울린다.

일 처리 문제로 누군가와 대립하게 되는 상황에서도 '부딪치다'다.

"누구 책임인지를 놓고 그와 부딪쳤다."

앞에 '와'가 있으면 거의 '부딪치다'가 온다. 다음 같은 문장에서도 '부딪치다'다.

"그들은 시선을 부딪치며 걸었다."

부딪히다   부딪치다

내가 당하는 사람이면 '부딪히다'처럼 '히'를 쓰고, 나도 행하는 사람이
면 '부딪치다'처럼 '치'를 쓴다.

피동형인 '부딪히다'를 넣으면 어색해진다. 그들의 시선이 서로 맞닿은 것이다.

"그 일은 팀원들의 반발에 부딪혀 취소됐다."

이 문장은 피동이다. 팀원들의 반발을 입었기에 '부딪혀'가 왔다. '그는 어려운 문제에 부딪혀 골치가 아프다', '경제적 난관에 부딪혀 문을 닫았다' 같은 문장들도 마찬가지다. '부딪치다'와 '부딪히다'를 구별하는 기준은 '피동'이냐, 아니냐.

★★★★★

이따가는 시간의 흐름을, 있다가는 장소에 머무름을 의미한다

소셜 미디어에 올라오는 공연이나 각종 이벤트 홍보 글을 심심치 않게 본다. 그중에서도 눈에 띄는 홍보 글이 있었다. 뮤지컬에 출연하는 배우의 글이었는데, 분장을 하고 극장에 가는 길에 배우가 "여러분, 이따가 봐요"라는 글을 올렸다. 여기에 한 팬이 "네, 있다가 봐요"라고 댓글을 달았다.

배우는 '이따가' 보자고 하고, 팬은 '있다가' 보자고 한다. 발음까지 비슷해서 헷갈린다. 무엇이 규범에 맞는 표현일까?

'있다가'와 '이따가'는 다르다. 뜻도 다르고 품사도 다르다. 엄밀히 따지면 발음도 조금 다르다. '있다가'의 뜻은 '머물다'이고, 품사는 동사다. '있다'의 활용형이다. '있다가, 있고, 있어, 있으니, 있어라, 있습니다' 같은 것들 가운데 하나인 것이다.

'있다'가 '있다가'로 활용됐다고 뜻이 변하고 품사가 달라지는 건 아니다. 문장에서 문법적인 기능만 달라질 뿐이다. 연결 어미 '-다가'가 붙으면서 어떤 동작이 진행되는 도중에 다른 동작이 나타나는 걸 알려 준다. 다음의 문장에서 '-다가'의 기능을 확인할 수 있다.

"카페에 있다가 친구를 만났다."
"밥을 먹다가 울었다."

'있다가'의 표준 발음은 [읻따가]다. 그렇지만 일상에서 흔히 [이따가]로 발음한다. 그래서 '있다가'를 '이따가'와 더 헷갈리는 것이다.

'이따가'의 품사는 부사다. 줄여서 '이따'로 쓰기도 하는

데, 뜻은 "조금 지난 뒤에"다. 부사이니 '있다'처럼 여러 형태로 활용되지 않는다. '이따가'는 이렇게 쓰인다.

"이따가 다시 만나."
"이따가 부르면 교무실로 오렴."

이런 문장들에서는 대부분 잘 가려서 사용한다. 그런데 '조금'이란 단어가 앞에 놓이게 되면 좀 어려워진다. "조금 '있다가' 봐"일 것 같기도 하고, "조금 '이따가' 봐"일 것 같기도 하다. 이것은 옳고 그름이 아니라 무엇이 더 적절한지의 문제다. 다음 문장을 보자.

"열흘 있다가 출발이다."
"5분만 있다가 다시 이야기 하자."

이 문장들의 '있다가'를 '이따가'로 대체하기는 어려워 보인다. "열흘 있다가 출발이다"를 "열흘 이따가 출발이다"라고 적으면 어색해진다. 마찬가지로 "조금 이따가 봐"

있다가   이따가

'있다가'에는 장소에 머무른다는 의미가 있고, '이따가'에는 시간 흐름
의 의미가 있다. 따라서 '이따가' 앞에는 '5분', '조금' 등의 시간과 관련
된 말이 올 수 없다.

도 그리 자연스러워 보이지 않는다. '이따가' 앞에 시간을 나타내는 말이 오면 부자연스럽다. '조금'에는 "시간적으로 짧게"라는 뜻도 있기 때문이다. 따라서 "조금 있다가 봐"가 더 자연스럽게 어울린다.

　'조금'은 정도를 나타내는 단어다. '조금 더', '조금 빨리', '조금 멀리', '조금 높이'에서처럼 정도를 구분할 수 있는 단어들을 수식한다. 하지만 '이따가'는 앞의 단어들과 성질이 다르다. 즉 '이따가'는 정도를 구분할 수 있는 단어가 아니라는 것이다. 이것이 '이따가'가 '조금'을 꺼리는 또 하나의 이유가 된다. 그냥 "이따가 봐"라고 하면 된다. 굳이 '조금'을 넣을 필요가 없다.

　물론 "조금 이따가 하자"라는 말을 틀렸다고 단정하는 건 지나치다. 강조하거나 더 선명하게 전달하는 차원에서는 필요할 수도 있다. 하지만 더 적절한 표현을 들라면 "조금 있다가 봐"라고 하겠다.

★★★★★

기분을 맞히는 건 쉬워도
그 기분에 맞추는 건
어려운 일이다

꽃병을 깨뜨렸다. 입구 쪽으로 두 곳이 떨어져 나갔다. 버리기가 아까워 깨진 조각을 붙이기로 했다. 나는 본드를 칠하고 떨어진 조각을 천천히 맞췄다. 깨진 곳이 어디인지 분간하기 힘들 정도로 감쪽같았다. 잘 훈련된 전문가가 맞춘 듯했다. 나는 조각을 단순히 붙이는 데서 멈춘 게 아니라 잘 맞춘 것이었다. 맞췄기 때문에 붙인 곳이 감쪽같을 수 있었다.

'맞추다'는 이렇게 제자리에 맞게, 어울리게, 그리고 같게 하는 것이다. 흩트려 놓은 그림 조각, 분해된 컴퓨터

부품, 떼어 놓은 창틀도 '맞춘다'고 말한다.

시험을 치른 사람들은 시험이 끝난 뒤 정답과 자신이 적은 답을 '맞춰' 본다. '맞혀' 보는 게 아니라 '맞춰' 본다. 정답과 자신이 쓴 답이 같은지 확인해 보는 것이다. 이렇게 답을 확인해 보는 것도 '맞추다'이다. 복권을 산 사람들도 자신이 갖고 있는 번호와 당첨 번호가 같은지를 확인하는 것이기 때문에 '맞춰' 보는 게 된다.

나는 한때 아침에 일어나는 시간이 6시여야 했다. 시계의 알람 시간을 6시로 설정해 놓았었다. 6시라는 기준과 다르지 않게 '맞췄'다. 무엇과 같게 하거나 무엇에 맞게, 어울리게 하는 일도 '맞추다'인 것이다.

"다른 팀과 보조를 맞추는 게 중요했다."
"이번 행사의 초점을 로봇에 맞췄다."
"음악에 맞춰 행진을 했다."

상대의 기분을 잘 살피는 일도 나와 그를 어울리게 하

는 것이다. 따라서 친구의 기분도, 팀장의 비위도 '맞추는'
게 된다.

'맞추다'는 '맞히다'를 끊임없이 간섭한다. '맞추다'의 가
장 큰 무기는 엇비슷해 보이는 발음이다. '맞히다'는 [마치
다]로 소리 나는데, 쉬운 발음 때문인지 때때로 '맞추다'에
자리를 내준다. 학교에서든 사회에서든 시험이 끝난 뒤에
는 '맞추다'가 멋모르고 '맞히다'를 곤잘 대신한다. 말로 할
때는 더 '맞추다'를 쓴다.

"잘 봤어? 몇 문제 맞췄어?"

'맞혔어'를 발음한 [마처써]가 아니라 [맏춰써]라고 말한
다. 누군가 다시 묻는다.

"정답을 '맞혔다'야, '맞췄다'야? 말할 때 보면 '맞췄다'고
많이 하던데."

맞히다

맞추다

'맞히다'는 옳게 답하거나 어떤 물체에 닿게 한다는 말이고, '맞추다'는
대상끼리 서로 비교한다거나 같게 한다는 말이다.

앞에서 밝혔듯 정답과 자신이 쓴 답이 같은지 확인하는 건 '맞추다'이고, 문제에 대한 답을 옳게 하는 건 '맞히다'이다. 틀리지 않았다면 '답을 맞혔다'고 하면 된다.

"정답지와 맞춰 보니 생각보다 많이 맞았다."
"어떤 동물의 그림자일까? 맞혀 봐."
"스핑크스의 수수께끼를 맞힌 건 오이디푸스였다."

그런데 이런 뜻으로 쓰이는 '맞히다' 말고 다른 '맞히다'들도 있다.

올림픽 때 양궁은 늘 기대를 갖게 한다. 우리 양궁 선수들이 쏜 화살은 손쉽게 과녁 가운데에 정확히 박힌다. '맞힌' 것이다. '맞히다'는 무엇을 어떤 곳에 닿게 한다는 뜻이다. 축구공이 골대에 닿았을 때도 '맞히다'가 된다. "축구공이 골대를 맞히고 말았다"라고 한다. 주사나 침으로 치료를 받게 하는 것도 이것들을 닿게 하고 찌르는 것이어서 '맞히다'이다.

★★★★★

애를 끊거나
애를 끓이거나
고통스러운 건 똑같다

'애끊다'와 '애끓다', 참 헷갈린다. 거기서 거기인 듯하고 혼동할 때가 많다. 그만큼 비슷해 보인다는 뜻이겠다. 그렇지만 '끊다'와 '끓다'가 다르듯 '애끊다'와 '애끓다'도 다르다. '애끊다'는 아주 슬픈 상황일 때, '애끓다'는 답답하거나 안타깝거나 초조할 때 쓰인다. '애끊다'에 대해선 옛 이야기 하나가 도움이 되겠다.

중국 동진의 장군 환온이 지휘하는 배가 촉나라를 지나고 있었다. 배가 양쯔강 중류에 이르렀을 때였다. 병사 한

명이 새끼 원숭이를 잡아 배에 실었다. 어미 원숭이가 어쩔 줄 몰라 하며 슬프게 울었다. 배가 움직이자 어미 원숭이도 배를 따라 강가를 달리기 시작했다. 그러다 강폭이 좁아진 곳으로 배가 들어섰을 때 어미 원숭이가 배 한복판으로 몸을 날렸다. 그러나 어미 원숭이는 안타깝게도 죽고 말았다. 100여 리를 울며불며 달린 결과였다. 병사들이 어미 원숭이의 배를 갈랐더니 창자가 모두 끊어져 있었다.

'단장(斷腸)'의 유래에 관한 얘기다. 중국 송나라의 유의경이 편찬한 일화집《세설신어(世說新語)》에 이런 안타까운 얘기가 담겨 있다. 《표준국어대사전》에서 단장의 뜻풀이를 찾아보면 "몹시 슬퍼서 창자가 끊어지는 듯함"이라고 쓰여 있다. 한자는 '끊을 단(斷)'에 '창자 장(腸)'으로 이뤄져 있다.

'애끊다'의 사전 뜻풀이도 "몹시 슬퍼서 창자가 끊어질 듯하다"이다. 단장과 거의 같다. 둘 다 너무 큰 슬픔이 있다는 말이다. '애끊다'에서는 '애'가 '창자'를 가리킨다. '창자'의 고유한 옛말이 '애'이기 때문이다.

'창자'를 뜻하는 '애'는 "마음", "속"이라는 뜻도 지닌 말이 됐다. 흔히 누군가의 소식이 간절하거나 초조할 때 "애가 탄다"라고 한다. 애가 타는 것처럼 마음이 타는 듯하다는 말이다. 이때 '애'가 "마음", "속" 같은 의미다.

사랑하는 사람을 만나지 못하게 되면 이런 감정이 북받치듯 밀려온다. 특히 이산가족들의 사연은 보는 이들도 안타깝게 한다. 한 할머니는 북녘 땅의 언니가 늘 보고 싶고 그립다고 한다. 6·25 전쟁이 나고 할머니는 남쪽으로 피란을 왔지만, 언니는 고향에 남게 됐다. 언니는 그림을 잘 그렸다고 한다. 소식도 모르고 그리워하기만 할 뿐이다. 참으로 '애끓는' 사연이다.

이 밖에도 한쪽에서만 열이 나는 짝사랑, 일본군 위안부 할머니들의 말로 풀어내기 힘든 사연, 잃어버린 아이를 찾아다니는 부모의 간절한 모습. 이런 것들이 주는 느낌은 답답함이기도 하고 안타까움이기도 하다. 그래서 이렇게 표현한다.

"애끓는 짝사랑."

애끊다   애끓다

'애끊다'는 창자가 끊어질 만큼 슬픈 것을, '애끓다'는 몹시 답답하고
안타까운 것을 말한다. 비슷한 단어지만 뜻에는 차이가 있으니 한번
기억해 두면 헷갈리지 않을 것이다.

"위안부 할머니들의 애끓는 절규."

"아이를 잃어버린 부모의 애끓는 호소."

장애가 있는 딸을 둔 70세 아버지의 사연이 방송에 소
개된 적이 있다. 아버지는 오른쪽 눈의 시력을 거의 잃은
상태다. 하지만 딸의 목욕과 식사 수발부터 집안일까지
혼자 한다. 딸은 100일 때부터 움직일 수 없는 뇌병변 장
애로 고통을 받고 있다. 말도 하지 못한다. 아버지의 유일
한 바람은 자신보다 딸이 먼저 세상을 떠나는 것이다. 자
신이 죽고 나면 딸이 혼자 남는 것이 걱정되기 때문이다.
아버지는 자신의 남은 생이 얼마인지 모르지만 그마저 주
고 싶어 한다. 이 아버지는 날마다 '애끓는' 심정으로 '애끓
는' 하루하루를 살아간다.

★★★★★

라면은 붙기 전에
후후 불어
먹어야 제맛이다

"라면 불기 전에 빨리 먹어."

　익숙하다. 이런 말을 한두 번쯤 들은 기억들이 있다. 그런데 올바른 맞춤법이란 시선으로 보면 불편해진다. '불기'. 유감스럽게도 라면에는 물 때문에 부피가 커진다는 뜻의 '붇다'를 써야 한다. '불기'는 '붇다'를 잘못 활용한 거다. '붇다'는 자음 어미가 붙으면 형태가 바뀌지 않는다. '붇고', '붇는', '붇지'처럼 활용된다. '기'가 붙을 때도 당연히 '붇기'가 된다. 흔한 예시는 아니지만, 문장을 통해 다시 확인해 보자.

"라면이 붇고 말았어."
"냇물이 그렇게 빨리 붇다니."
"체중이 붇지 않게 잘 관리해."

이 문장들의 '붇다'들에서도 '불고, 불다니, 불지'라고 하고 싶은 건 아닌지 모르겠다. 다음 문장들에서 보이는 '붇다'들처럼. '붇다'는 모음 어미가 붙으면 받침 'ㄷ'이 'ㄹ'로 바뀐다. '불어, 불으니, 불으니'처럼 활용된다. '붇고, 붇는, 붇지'보다 흔하다.

"라면이 완전히 불었어."
"냇물이 많이 불으니 겁나네."
"체중이 불은 게 문제야."

이렇게 쓰이는 '붇다'를 더 많이 보다 보니 자연스럽게 '라면이 불기 전에'라고 하는 듯하다. '라면이 '붇기' 전에'

라고 몇 번은 말해 봐야 덜 불편해진다.

　동요 〈낮에 나온 반달〉에도 익숙하지만, 'ㄷ'을 'ㄹ'로 바꾸면서 맞춤법의 시선에선 어색해진 말이 보인다.

　"낮에 나온 반달은 하얀 반달은 / 해님이 쓰다 버린 쪽박인가요 / 꼬부랑 할머니가 물 길러 갈 때 / 치마끈에 달랑달랑 채워 줬으면."

　'물 길러'의 '길러'는 '긷다'를 활용한 것이다. '긷다'의 받침 'ㄷ'도 '붇다'처럼 모음 앞에서는 'ㄹ'로 변한다. 자음 앞에서는 그대로 'ㄷ'이다. 그렇다고 '긷러'가 된다는 건 아니다. 받침 있는 말에는 부드러운 '으러'가 붙는다. '먹으러', '잡으러'처럼 말이다. '으러'는 모음으로 시작되니 '긷다'는 '길으러'가 된다. 어색한가? 아무래도 "꼬부랑 할머니가 물 길러 갈 때"에 익숙해져 있기 때문이겠다. '질문하다'는 뜻의 '묻다'를 보면 바로 이해된다.
　〈낮에 나온 반달〉의 노랫말을 '묻다'로 바꿔 보자.

"꼬부랑 할머니가 길 (물러/물으러) 갈 때~"

여기에서 '묻다'를 '물러'라고 하면 너무 어색해진다. 누구나 '물으러'라고 한다. '묻다'는 또 '물어', '물으니', '묻고', '묻자'처럼 활용된다. 그런데 "땅에 묻다"의 '묻다'는 변하지 않는다. 언제나 '묻'이다. '묻고, 묻는, 묻어, 묻으니, 묻은…'이다. '붇다'나 '긷다'처럼 'ㄷ'이 'ㄹ'로 변하는 말들은 변칙이다. 그래서 'ㄷ 불규칙 활용'을 한다고 말한다. 다음 같은 말들도 그런다.

'걷다'도 '걷고 있다, 걷는다, 걸을 수 있다, 걸었다'처럼 쓰인다. '눋다'는 "누런빛이 나게 약간 타다"는 말인데, 역시 '눋고, 눋는, 눌어, 눌으니, 눌은'으로 활용된다. '눌은'으로 바뀌니 '눌은밥'이 돼야 하지만, '누른밥'으로 잘못 적기도 한다. '눌은밥'의 발음이 [누른밥]이어서 그런 것 같다. 그런데 이러면 '누르다'를 활용한 말이 되고 만다. '눌은밥'은 '누른' 게 아니라 '눌은' 거다.

한 가지 더 보는 게 좋겠다. '붓다'는 '붇다'와 발음이 같다. '붇다'처럼 [분따]로 소리 난다. 뜻도 조금 비슷해 보이

붇다   붓다

물에 젖어서 부피가 커지면 '붇다'를 쓰고, 살이 부풀어 오르면 '붓다'
를 쓴다.

는 데가 있다. 헷갈릴 수 있다. 《표준국어대사전》에 따르면 '붓다'는 "살가죽이나 어떤 기관이 부풀어 오르다"라는 뜻이다. 그러니 라면은 '붇고', '불은', 얼굴의 눈은 '붓고', '부은'이라고 해야 한다. 아프거나 어디가 안 좋아서 부었을 때는 '붓다'인 거다. 팔을 어딘가에 부딪혀 부풀어 오르고 아프면 "팔이 붓고 아프다"라고 적어야 한다. "팔이 '붇고' 아프다"라고 적으면 다른 말이 된다.

'붓다'도 변칙적으로 활용된다. '부어, 부으니, 부은'처럼 모음으로 시작하는 어미 앞에서 'ㅅ'이 탈락한다. 자음 앞에서는 변하지 않는다. '붓고, 붓는, 붓지'처럼 쓴다.

★★★★★

귀를 쓸 때는 들리다,
다리를 쓸 때는 들르다로
써야 정확하다

약속 장소에서 친구 두 명을 기다리고 있는데, 전화가 왔다.

"빨리 좀 와."
"거의 도착했어. 근처 편의점 잠깐 들렀어. 바로 갈게."
"아, 이따 들르지. 알았어."

전화 통화가 끝나기가 무섭게 다른 친구가 들어왔다.

"미안. 시간이 많이 남아서 서점에 들렀다가 그만…."

내 친구들은 '들르다'를 '들리다'로 여기는 게 분명하다. 꼭 "잠깐 들렸어"라고 말한다. 물론 그런다고 크게 거슬리는 건 아니다. "'들렸어'가 아니라 '들렀어'야"라고 말해주고 싶은 마음도 전혀 없다. 다른 사람들도 일상에서는 '들렸다'로 말할 때가 많다.

친구들은 메시지를 보낼 때도 '들렸다'로 적는다. "내 목소리 안 들려?"라고 할 때의 '들리다'와 동일하게 발음하고 표기한다. 친구들은 '들리다'를 소리만 같을 뿐 다른 뜻을 가진 말로 알고 있을 가능성이 크다. 늘 '들렸다'고 말하고 적는 걸 보면 그렇다.

나도 은근히 '들렸다'고 말할 때가 꽤 있다. 편하게 가족이나 친구와 있을 때 어쩌다 그러는 것 같다. 조금 공식적인 자리에서는 여러 사람이 보게 되니 최대한 '들렀다'로 발음하려고 한다. 글을 쓸 때는 반드시 '들렀다'로 적는다. 짧은 문자 메시지를 보낼 때도 '들렀다'라고 쓴다. 기록으로 남는 것이어서 정확해지고 싶은 마음이 있다. 말과 글이 조금 다른 생활을 한다.

국어사전은 언어 현실을 반영한다. '들르다'를 '들리다'로 쓰는 일이 많아서인지 비표준어 '들리다'도 표제어로 올려놨다. 물론 '들르다'로 가라고 안내를 해 놓았다. '들르다'는 잠깐 들어가서 머무른다는 뜻이다. '들리다'가 자꾸 쓰이는 건 '들르다'보다 '들리다'가 편해서인 듯하다. 또 '들르다'가 아니라 '들리다'로 잘못 알고 있어서이기도 하다. 이런 사람들은 다시 알아 두는 게 좋겠다. 지나가다 잠깐 들어가서 머무르는 건 '들르다'이다. 다음 예문들처럼 쓰인다.

"카페에 들른 뒤 사무실로 갔다."
"몇 군데 들르니 시간이 훌쩍 갔다."
"알았어. 가다가 잠시 들를게."

'들르다'는 이렇게 '들러, 들른, 들른다, 들르니, 들르게'처럼 쓰인다. '들르다'와 '들리다'는 다른 말이고 구별해서

들렸다   들렀다

카페가 말을 하는 것은 아니니 카페는 '들리는' 것이 아니라 '들르는'
것이라고 해야 맞다.

써야 한다는 지적이 도처에 널려 있다.

구별하는 법이라고 해 봐야 특별한 방법이 있는 건 아니다. 지나가다 잠깐 머무르는 말은 '들르다'라는 걸 다시 기억하면 된다. '고르다, 마르다, 지르다' 같은 말들은 '르'를 '리'로 쓰는 일이 없다. '기르다'는 '길러/기른/길렀다', '두르다'는 '둘러/두른/둘렀다', '지르다'는 '질러/지른/질렀다'로만 사용한다. '기르다'를 '길려', '두르다'를 '둘려', '지르다'를 '질려'라고 하는 건 못 봤다.

귀로 듣는 '들리다'가 있어서 영향을 받은 것일까? 다른 말들과 달리 '들르다'는 '들리다'로 아는 일이 흔하다. '추스르다'도 '추스리다'라고 하는 일이 있기는 하다. 그래서 "잘 추스려 봐"라고 하는데 '추르리다'가 아니라 '추스르다'여서 '추슬러, 추스른'이 된다.

★★★★★

누군가 돋보이면 띄다를,
감정이나 색을 나타낼 때는 띠다를
사용한다

약속 장소 근처까지 갔다. 사람도 많고 처음 가는 곳이라
찾기가 쉽지 않다. 먼저 도착한 친구에게 전화를 걸었다.

"다 왔는데, 어딘지 못 찾겠어."

"밖으로 나갈게."

"알았어."

"나 보여?"

"어디? 안 보여."

'보이다'에 '어'가 붙은 '보이어'를 줄여 '보여'를 쓴다. 흔한 게 '보여'지만, '보이어'는 '뵈어'로도 줄어든다. 저 친구처럼 "나 보여?"라고도 할 수 있지만, "나 뵈어?"라고도 할 수 있다. 의미는 '보여'든 '뵈어'든 '보게 된다'는 걸 뜻한다. 그렇지만 "나 뵈어?"라고는 잘 하지 않는다. 그리고 앞의 대화에서는 '이(가)'가 생략됐지만 '보이다' 앞에는 '이(가)'가 붙은 말들이 온다.

'보이다'에 대해 먼저 풀어놓은 건 '띄다'를 말하기 위해서다. '보이다'의 쓰임새를 잘 알게 되면 '띄다'와 '띠다'는 저절로 구별된다.

내친김에 다른 예를 하나 더 드는 게 좋겠다.

"와, 문장이 너무 좋다."
"뭐라고 쓰여 있어?"
"마지막 단락에 씌어 있는 내용이 정말 감동적이야."

'쓰이다'에 '어'가 붙은 '쓰이어'를 줄여서 '쓰여'로 많이 쓴다. 앞의 대화에 보이듯 '쓰이어'는 '씌어'로도 흔하게 줄인다. '이어'를 '여'로 줄인 '쓰여', '쓰이'를 '씌'로 줄인 '씌어'가 같이 쓰인다. '씌다'의 발음은 [씨다]다. 다행이라고 해야할까. '씨다'라는 낱말이 없어서 '씌다'를 쓰는 데는 혼동을 겪지 않는다.

그런데 '띄다'는 다르다. '띄다'와 발음이 같은 '띠다'가 있다. 둘 다 [띠다]로 소리가 난다. 그렇다 보니 '띄다'와 '띠다'는 쓸 때 혼동을 일으킨다.

'띄다'는 '뵈다'나 '씌다'처럼 줄어든 말이다. '쓰이다'가 줄어 '씌다'가 됐듯이 '뜨이다'가 줄어 '띄다'가 됐다. '뜨이다'는 '어'가 붙어 '뜨이어'가 되고, '뜨이어'는 '뜨여' 또는 '띄어'로 줄어든다.

'뜨이다'는 잠에서 깬다는 뜻을 가진 '눈이 떠지다'로도 쓰이지만 이보다 "눈에 보이다"라는 뜻으로 많이 쓰인다.

"그의 이름이 눈에 뜨였다."
"꽃 같은 이름이 눈에 뜨였다."

여기서 '뜨였다'는 다른 형태의 준말 '띄었다'로도 자주 쓰인다. '눈에 띄었다, 눈에 띄어, 눈에 띄는, 눈에 띈…', 다 눈에 보인다는 말이다. 눈에 보인다는 건 '두드러진다'는 말이기도 하다.

'띄다(뜨이다)'는 이런 뜻으로도 쓰인다.

"가장 눈에 띄는 작품이었다."
"그림 솜씨가 눈에 띄게 좋아졌다."

마음이 쏠리는 데가 있다는 뜻일 때도 '띄다'라고 한다.

"꽃이 피었다는 소리를 듣고 귀가 번쩍 띄었다."

반면 '띠다'는 눈에 보이거나 두드러지는 게 아니다. '띠다'는 다음처럼 색깔이나 감정, 기운, 성질을 나타낼 때 쓴다. 용무나 직책, 사명 같은 걸 보일 때도 사용한다.

"이름을 부르자 그가 미소를 띠었다."

눈에 띄다   미소를 띠다

눈에 두드러지게 보이는 것을 말할 때는 '띄다'를 쓰고 성질이나 감정,
색을 나타내는 상황에서는 '띠다'를 쓴다

"따듯한 성질을 띤 부추."

"그는 중요한 임무를 띠고 출발했다."

이처럼 '띠다' 앞에는 '을(를)'이 붙은 말들이 온다.

★★★★★

산 넘어 산을 오르면
산 너머로 뜨는 해를
볼 수 있다

"산 '너머' 산이야? 산 '넘어' 산이야?"

갈수록 어려운 일이 생길 때 쓰는 이 속담은 뜻을 전달하는 데는 그만이지만, 표기는 알쏭달쏭하다. 정답부터 밝히면 "산 '넘어' 산"이다. 왜 그럴까? 이 속담은 '갈수록 어려워진다'는 뜻이다. 즉 '산을 넘으니 또 산'이 있다는 얘기다. 초점이 '넘다'에 있다.

소리가 같으니 헷갈린다. 뜻은 통해도 표기는 어떤 게 바른 것인지 머뭇거려진다. 둘 다 똑같이 [너머]로 발음된

다. 뿌리를 따져도 '너머'와 '넘어'는 같다. '너머'도 동사 '넘
다'에서 왔다. '넘+어'가 '너머'로 바뀌면서 품사도 명사로
바뀌었다. '마개'가 '막+애'에서, '무덤'이 '묻+엄'에서, '쓰레
기'가 '쓸+에기'에서 온 것처럼 동사가 명사가 됐다.

'너머'의 사전적 의미는 "높이나 경계로 가로막은 사물
의 저쪽. 또는 그 공간"이다. 높이나 경계를 나타내는 '명
사' 다음에 쓰인다.

"고개 너머."
"담 너머."
"어깨 너머."

이때 '너머'는 산, 고개, 담의 저쪽을 가리킨다.

"그리움 너머 그가 있었다."
"책 너머의 세상."

추상적일 때도 이렇게 '너머'가 쓰인다.

'너머'는 명사여서 이렇게 조사 '에'나 '로'도 붙을 수 있다.

"산 너머에 그가 산다."

"산 너머로 가는 길."

정리하면 '너머'는 '움직임'이 있는 동사의 의미가 아니다. 저쪽 공간을 가리킬 때 사용된다.

'넘어'는 국어사전에 표제어로 오르는 기본형 '넘다'의 활용형 가운데 하나다. '넘다'도 여러 형태로 활용된다. 상황에 맞게 다양하게 형태가 변하면서 쓰인다.

"산을 넘고 넘었다."

"산을 넘으니 또 산이었다."

"난 50점만 넘을래."

"고양이가 담을 넘어 달아났다."

'넘어'는 '공간'이 아니라 '넘는다'는 '동작'을 뜻할 때 쓴다.

"산을 넘어 도시로 갔다."
"산을 넘어 강으로 갔다."

'넘어'에는 '너머'처럼 '에'나 '로'를 붙일 수 없다.

　산울림의 〈창문 너머 어렴풋이 옛 생각이 나겠지요〉라는 노래가 있다. 제목의 '너머'는 잘 쓰인 것일까? '창문 넘어'라고 적어야 하는 것은 아닐까? 제목의 맥락상 '창문을 넘는다'는 동작의 의미로 쓰인 것이 아니다. 창문 저쪽으로 옛 생각이 난다는 뜻이다. '너머'로 쓰는 게 적절했다.
　그럼 "어깨너머로 배웠어"는 맞는 문장일까? 맞다. 여기에서는 '너머'다. '어깨너머'는 다른 사람이 하는 것을 옆에서 보거나 듣는다는 뜻을 지닌 말로 사전에 올라 있다. 한 단어다. 한 단어가 아니었다 해도 '너머'가 적절했다. '어깨를 넘는 게 아니라 어깨 저쪽으로'라는 뜻이니 말이다.

"산 너머 남촌에는 누가 살길래

해마다 봄바람이 남으로 오네."

시인 김동환의 〈산 너머 남촌에는〉의 첫 부분이다. 이 시의 '너머'도 바른 표기다. 역시 산의 저쪽에 있는 남촌을 가리키는 '너머'다.

"고전은 시대를 넘어 깨달음과 지혜를 준다."

이 문장의 '넘어'는 바른 표기일까? 맞다. '고양이가 담을 넘어 달아났다'에서 '담을'처럼 '시대를'이라는 목적어가 있다. '시대를 넘는다'는 동작성이 있는 맥락이다. 동사가 와야 한다. 동작성이 없는 '너머' 앞에는 '를'이 붙는 명사가 오지 않는다.

"길이 막혀 밤 10시 넘어 집에 도착했다."

이 문장에서도 역시 '넘어'다. 여기서 '넘어'는 '지나다'는

말실수가 두려운 사람을 위한 우리말 사용법

'산 넘어 산'처럼 직접 움직여 봐야 알 수 있을 때는 '넘어'고, '산 너머 해가 뜬다'처럼 가만히 있어도 알 수 있을 때는 '너머'를 쓴다.

뜻을 지닌 동사다. 움직임이 있다. 움직임이 있는 상황이
면 '넘어', 그렇지 않으면 '너머'겠다.

값은 오르는 것이
아니라
올리는 것이다

"콩나물값이 조금 올랐어요."

야채 가게 주인이 콩나물값이 '올랐다'고 말한다. 손님들은 무심코 콩나물값이 '올랐다'는 말을 그대로 받아들인다. '올랐다'는 말에 아무런 의심도 하지 않는다. 더욱이 그 말에 어떤 의도가 있다고는 전혀 생각지 않는다.

어느 날 '콩나물값이 올랐다'는 말이 다시 귀에 들어왔다. 너무 자연스러운 그 말에서 어떤 의도가 읽혔다. 내가 콩나물을 파는 쪽이었어도 자연스레 '올랐다'고 했을 것 같았다. 미안한 마음 때문에 "콩나물값을 조금 올렸어요"라고는 못 꺼내겠다는 생각이 들었다. 아니면 '올렸다'고 말하는 건 장사하는 방법이 아니니까 그럴 수도 있다.

그래서 대개 '콩나물값'을 주어로 놓고 '올랐다'를 서술어로 두는 방식을 택한다. 택한다기보다는 관습처럼 굳어져서 손님에게는 '올랐다'고만 말해야 하는 줄 안다. 이렇게 말하는 의도를 더 짚어 본다면 콩나물값을 '올렸다'는 부담에서 벗어나고 씁쓰레해하는 손님의 표정도 피하고 싶어서다.

'콩나물값이 올랐다'는 식의 말에 익숙해진 건 파는 사람만이 아니다. 사는 사람도 대부분 이렇게 말한다. 사는 사람들도 파는 사람의 말을 아무렇지 않게 따른다. 무의식적으로 '콩나물값이 올랐다'는 말을 다른 곳으로 옮긴다. 파는 사람의 언어를 퍼뜨린다. 그 순간부터 '콩나물값이 올랐다'는 말은 바꾸기 어려운 진실이 되고, 표준이 돼 간다.

하지만 이건 올린 주체를 덮는 방식이다. 말하지 않아

말실수가 두려운 사람을 위한 우리말 사용법

도 뻔한 것이라고 생각할지 모르지만, 그렇지 않다. 올린 것을 괜히 정당화해 주는 일이 된다.

뉴스에서도 이런 문장들이 흔하게 발견된다.

"이 모델은 50만 원 인상됐다."
"디젤은 20만 원가량 올랐다."

'인상했다'가 아니라 '인상됐다', '올렸다'가 아니라 '올랐다'고 표현할 때가 많다. 판매하는 쪽의 이해를 반영한 표현이다. 이럼 가격을 올린 게 어쩔 수 없었던 일인 것처럼 비친다. 가격을 올린 업체의 얼굴은 가려지고 가격을 올린 주체가 다른 곳에 있는 것처럼 보인다. 뉴스에서도 의도적으로 그러는지도 모른다. 가격을 올린 업체는 가격 인상의 책임을 혼자 지지 않는다. 판매하는 쪽은 이런 형태의 문장을 제품과 함께 유통시키고 싶어 한다.

본래 '값싸다'와 '비싸다'는 같은 말이었다. '값싸다'도 '비싸다'와 같이 "값이 있다", "값이 나간다"라는 뜻이었다. '비싸다'는 '빈+싸다'에서 왔는데, '빈'이 '값'이란 뜻이었다. 그

값은 스스로 오르지 않는다. 그러니 판매자가 '값이 올랐다'고 말해도,
소비자는 '값을 올렸다'고 이해하는 것이 현명한 소비의 지름길이다.

런데 '값싸다'와 '비싸다'를 쓰는 사람이 달랐다. '값싸다'는 파는 사람이, '비싸다'는 사는 사람이 썼었다. 같은 물건이지만 대하는 태도가 달랐고, 그 태도가 의미 변화로 이어졌다. '비싸다'는 거의 그대로이지만, '값싸다'는 '값이 낮다'는 뜻으로 바뀌었다.

파는 사람은 '싸다'고 말하고, 사는 사람은 '비싸다'고 말한다. 콩나물값은 파는 사람도, 사는 사람도 '올랐다'고 말한다. 그러지 말고 '올렸다'는 말을 쓰면 어떨까?

"그 가게는 콩나물값을 올렸다."
"그 회사는 냉장고 가격을 올렸다."

값을 올린 주체가 분명하게 드러난다. 이럼 당연하다는 듯이 올리는 행위는 조금이라도 줄어들 수 있지 않을까?

★★★★★

가능한 빨리는 못 하고
최대한 빨리는 할 수 있는
이유

취임한 지 얼마 안 된 장관이 말했다.

"가능한 빨리 부처 조직 개편을 하겠다."

그는 정말 조직을 개편하는 게 급한 문제라고 생각한 모양이었다.

어떤 지방 시 의회의 의장이 공백인 상태였다. 한 의원 이 말했다.

"가능한 빨리 의장 공백 기간을 줄이려고 한다."

한 정형외과 전문의는 노인들의 골절 문제에 대해 이렇게 밝혔다.

"노인 골절은 가능한 빨리 치료하는 것이 관건이다."

모두 '가능한'을 '가능한 한'으로 고쳐야 마땅하다. '조건'을 뜻하는 '한'이 있어야 말이 된다.

하루는 차를 마시다 친구에게 물었다.

"'누구는 가능한 한 빨리 할게'라고 말하고, '누구는 가능한 빨리 할게'라고 말하는데, '가능한 빨리 할게'라고 하면 어색하게 들리지 않아?"

"'가능한 빨리 할게'라고 말하는 게 이상해? 같은 말이잖아. 더 간결하고 좋구먼."

그랬나 보다. 그래서 "가능한 빨리 부탁해", "가능한 자세를 낮춰", "가능한 좋은 말을 써"라고도 했나 보다. 《표준국어대사전》에서 '한'을 찾아보자.

"(주로 '는 한' 구성으로 쓰여) 조건의 뜻을 나타내는 말."

감이 잘 안 오는 사람도 있을지 모른다. 사전의 뜻풀이에도 보이듯이 '한'은 '조건'의 뜻을 나타낸다.

"큰 변수가 없는 한 회담은 예정대로 진행될 것이다."
"내가 아는 한 그는 그런 짓을 할 사람이 아니다."

취임한 지 얼마 안 된 장관의 '가능한 빨리 조직 개편을 하겠다'는 말은 '가능하면 빨리 조직 개편을 하겠다'는 뜻이다. 시 의원과 의사의 '가능한 빨리'라는 표현에도 '가능하면'이라는 의도가 있다. 그러니 '가능한 한'이라고 해야 정확하고 자연스러운 문장이 된다. '가능한 빨리 할게'라고 하면 '가능한'에는 연결되는 말이 없다. 어떤 말을 수식하려는 태도를 갖추고 있는데 받는 말이 보이지 않는다. 반면 '가능한 한 빨리 할게'라고 하면 '가능한'이 바로 뒤의 '한'을 수식한다.

'가능한 빨리 부탁해', '가능한 자세를 낮춰', '가능한 좋은 말을 써'에서도 '가능한' 뒤에 '한'을 넣어야 뜻이 통하고 자연스러운 문장이 된다.

'가능한'으로만 쓰일 때는 다음과 같은 상황뿐이다.

"가능한 말이다."
"가능한 시간을 알려 줘."

이 문장들의 '가능한'은 뒤의 '말', '일', '시간'을 수식한다. 모두 명사들이다. 그러니까 '가능한'은 뒤에 오는 명사들을 수식하는 상황이어야만 자연스럽다. 그렇다면 다음의 문장도 적절한 문장일까?

"가능한 자세를 낮춰라."

'가능한'이라는 말은 오직 명사 앞에서만 쓰인다. '가능한'과 '가능한
한'이 헷갈린다면 '가능하면'으로 대체해 보는 것은 어떨까?

'가능한'이 '자세'라는 명사를 수식하니 '한'이 없어도 자연스럽지 않냐고 물을 수 있겠다. 하지만 그럼 말이 안 된다. '가능하면' 자세를 낮추라는 뜻을 전달하려고 하는 건데, '가능한' 자세를 낮추라고 하면 다른 말이 되고 만다. '가능하면'이라는 뜻이 없어진다.

그럼 "최대한 빨리 해"도 어색한 문장일까? 아니다. 여기서 '최대한'은 부사다. '빨리'를 수식한다. 그리고 부사 '최대한'은 다음처럼 '보장하다', '주다', '앞당기다' 같은 동사들을 수식한다.

"최대한 보장할게."
"최대한 도움을 줄게."

'가능한'과 쓰임새다 다르다. '가능하다'의 관형사형 '가능한'이 명사나 대명사, 수사를 수식한다면 '최대한'은 부사여서 부사나 동사를 수식한다.

★★★★★

나를 포함하면 아닌을,
나를 빼야 하면 아니라를
써야 한다

추석이 한여름처럼 더웠다. 모두 추석 더위에 대해 한 마디씩 했다. 이제는 추석 때 다녀온 여행이나 친척들을 만난 얘기, 고속도로와 시장 풍경보다 날씨가 먼저다. 누군가는 다음 같은 문장을 내놓았다.

"추석이 아닌 하석이었다."

불편한 문장이었다. '추석' 대신 여름을 뜻하는 '하(夏)' 자를 써서 '하석'이라고 했다. 재미있는 표현은 아니었지만, '하석'이 불편까지 준 건 아니다. 내 시선이 불편하게 꽂힌 건 '아닌'이었다. '아니다'를 활용한 말 '아닌'. '아닌'이 어떤 환경에서 쓰이고 있는지 다시 확인하고 싶었다.

여러 국어사전을 뒤적였다. 하지만 불행하게도 관용구가 아니라 일반적인 문장에서 '아닌'이 들어간 예문은 찾을 수 없었다. '아니다'는 '~이(가/은) 아니다' 형태로도 많이 쓰인다. '아닌' 앞에도 당연히 '이(가)'나 '은' 같은 조사가 붙는다.

"그들은 액체, 고체, 기체가 아닌 물질을 개발했다."
"여우는 고양잇과가 아닌 동물이다."
"과학자가 아닌 사람들에게 하는 이야기다."
"지구가 아닌 행성에서 왔다."

위 예문들에서는 다음 같은 공통점이 발견된다. '아닌' 뒤의 말은 '아닌' 앞의 말을 포함한다. 더 넓은 개념의 말이 '아닌' 뒤에 온다. '물질'은 '기체'보다, '동물'은 '고양잇과'보다, '사람'은 '과학자'보다 넓은 개념의 말이다. '아닌'의

앞뒤는 이런 관계여야 자연스럽다.

"추석이 아니라 하석이었다."

이 문장이 더 자연스럽지 않은가? 불편한 문장을 몇 개 더 살펴보자.

"산이 아닌 바다로 갔다."
"동물이 아닌 식물을 기르기로 했다."
"사기업이 아닌 공기업이 참여해야 한다."
"단기가 아닌 장기적인 안목이 필요하다."

'바다'는 '산'을 포함하는 개념이 아니다. '식물'도 '동물'을 포함하지 않는다. "산이 아니라 바다로 갔다", "동물이 아니라 식물을 기르기로 했다"처럼 모두 '아니라'가 와야 앞뒤가 자연스럽게 이어진다. 다음 '아니라'는 자연스럽다.

"가영이는 학생이 아니라 회사원이다."

"그건 진실이 아니라 사실일 뿐이야."

"볼펜이 아니라 연필을 줘."

"겉이 아니라 속을 봐야 한다."

'아니라'는 이렇게 앞의 말을 부정한다. 동시에 뒤에 오는 말을 강조한다. 이때 '아니라' 앞뒤에 오는 말은 대등한 관계다. 뒤에 오는 말이 앞에 오는 말보다 넓은 개념이 아니다. '내가 아니라 너'처럼 대등하고 독립적인 관계의 말이 온다. 이렇게 쓸 때 '아니라'는 자연스럽다.

"지구가 아니라 행성에서 왔다."

이렇게 쓰는 사람은 드물다.

"지구가 아닌 행성에서 왔다."

대부분 이렇게 자연스럽게 쓴다.

내가 아닌 다른 사람　　　　내가 아니라 다른 사람

'아닌'을 쓰려면 '연예인'과 '사람'처럼 앞말이 뒷말에 포함되는 말이어야 하고, '아니라'를 쓰려면 '식물'과 '동물'처럼 앞말이 뒷말과 대등해야 한다는 것을 기억하자.

그런데 "추석이 아닌 하석이었다"처럼 '아니라' 대신 '아닌'을 써서 어색해진 문장들도 적지 않다. '아니라'보다 '아닌'이 짧아서 그랬을까?

내가 하는 말이면 데,
남의 말을 전달하면 대가
맞다

"그 집 참 맛있더라."
"하영이도 막걸리 좋아하더라."

'-더라'라는 말투는 편하다. 자신이 느낀 걸 고스란히 전하는 느낌을 준다. '-더라'는 말하는 사람이 직접 경험해 알게 된 걸 전달하는 구실을 한다.

모두 말하는 사람이 직접 겪은 사실을 전달한다. '-더라' 때문이다. "그 집 참 맛있더라"는 달리 "그 집 참 맛있데"라고 할 수도 있다. 같은 뜻이다. '-데'도 '-더라'처럼 말하는 사람이 직접 경험한 내용이라는 걸 알린다. '-더라'가 자연스러운 곳에 '-데'를 써도 된다.

"그 영화 재밌데(재밌더라)."
"길이 뻥 뚫렸데(뚫렸더라)."

'-데'와 '-더라'는 이렇게 통한다. '-더라'가 '-데'를 이해하는 데 도움을 준다.

'-데'와 '-대'는 소리부터 구별하기 어렵다. 거의 같은 소리로 들려서 소리를 듣고 '-데'인지, '-대'인지 구분하기는 하늘의 별 따기다. 분명하게 구분해서 말하는 사람도 찾기 힘들 정도다. 이런 까닭에 '-데'와 '-대'는 더 왔다 갔다 한다. 그렇지만 천천히 뜻을 살펴보면 차이가 보인다.

'-대'는 직접 경험한 사실이 아니라 남이 말한 것을 전달한다는 걸 알린다. 간접 전달인 셈이다. 더 알아 두면 좋은 건 '-대'가 '-다고 해'가 줄어든 형태라는 거다. 누군가로부터 수지가 야무지다는 말을 들었을 때 "수지가 아주 야무지다고 해"라고 말한다. 그리고 실제 대화에선 대부분 이렇게 말한다.

"수지가 아주 야무지대."

'-대'는 이렇게 남이 말한 걸 전달할 때 쓰인다. "어제 떠났대", "많이 춥대", "슬프대"에서도 확인할 수 있다. "곧 출발한대", "놀러 간대", "못 온대"의 '-ㄴ대'도 '-대'와 같은 구실을 한다. '-ㄴ대'는 '-ㄴ다고 해'가 줄어든 말이다.

감격스러울 정도로 맛있는 음식을 먹었을 때 우리는 "왜 이렇게 맛있는 거야?"라고 말한다. 이 의문형의 표현은 자신을 향한 것일 수도, 같이 있는 사람을 향한 것일 수도 있다. 그리고 굳이 답을 해야 하는 질문도 아니다. 여기엔 단지 놀람의 의미가 들어 있을 뿐이다. 상대는 여기에 맞장구를 치거나 웃어 주거나 한다.

그런데 "왜 이렇게 맛있는 거야?"는 다른 방식으로도 표

말실수가 두려운 사람을 위한 우리말 사용법

현할 수 있다. 바로 "왜 이렇게 맛있대?"다. '-대'는 이렇게 놀람의 의미를 담고 있기도 하다. 이쁘고 잘생겨서 놀라우면 '-대'를 붙여 감정을 표현한다.

"어쩜 이렇게 이쁘대?"
"어쩌면 이렇게 잘생겼대?"

"왜 이리 더운 거야?"는 못마땅하다는 투다. 역시 '-대'를 써서 "왜 이리 덥대?"라고 할 수 있다. '-대'는 의문을 나타내면서 못마땅하다는 사실을 전하기도 한다.

"왜 그렇게 일이 많대?"
"왜 그렇게 건방지대?"

'-대'는 이렇게 과거가 아니라 자신이 현재 느끼고 있는 상태를 나타낸다.

정리하면 '-데'는 자신이 직접 경험한 일을 누군가에게

'-데'와 '-대'가 헷갈린다면 쓰기 전에 '-더라'를 넣어 보자. 내 경험과 내 생각을 말하는 것이면 '-데', 타인의 말을 전 달할 때는 '-대'가 맞다. 덧붙여 못마땅하거나 놀라움을 표현할 때도 '-대'다.

전달할 때 사용하고, '-대'는 다른 사람이 한 말을 전달할 때 사용한다. 그리고 '-대'는 '놀람'과 '못마땅함'을 표현할 때도 사용한다.

그렇다면 "가영이가 그렇게 했데요"라는 말은 맞는 말일까? 틀렸다. "가영이가 그렇게 했다고 해요"라고 써야 한다. 다른 사람의 말을 전달하는 상황이니 '했데요'가 아니라 '했대요'가 돼야 한다.

★★★★★

더하는 말인지
빼는 말인지
헷갈리는, 등

 '등'은 의존 명사다. '사과, 배, 감 등'처럼 명사나, '좋다고
하는 등'처럼 어미 '-는' 뒤에 쓰인다. 그러면서 이 말은 그
밖에 같은 종류의 것이 더 있다는 걸 나타낸다. 대상을 다
나열하지 않을 때 '등'을 쓰면 아주 편리하다.

 매일같이 글을 쓰는 기자들도 '등'을 너무 좋아한다. 대
상을 모두 제시하기에는 시간도 공간도 부족할 때가 많
기 때문이다. 몇 가지 물건이나 지명을 나열하다 '등'으로
쉽게 마무리하고는 한다. '~하는 등'이라는 식으로 문장의
앞뒤를 연결하기도 한다.

'등'은 그리 가까이하지 않는 게 좋다. 불필요하게 남용하다 보면 뜻을 왜곡하거나 헷갈리게 할 수 있다. '등'은 그 밖에 같은 종류의 것이 더 있다는 사실을 알리지만은 않는다. 때로는 앞에 나열한 것만을 가리키기도 한다. 예를 들어 보자.

"서울, 부산, 대전 등 세 도시를 대상으로 한다."

이 문장에서 '등'은 앞에 제시된 도시만 가리키는 데 쓰였다. 이 문장에서는 세 도시가 나열됐고 뒤에 '세 도시'라고도 했으니 오해할 일이 없지만, 그렇지 않을 때는 헷갈린다. 가리키는 대상이 세 도시인데도 "서울, 부산, 대전 등을 대상으로 한다"처럼 '등'을 넣는 일도 있기 때문이다. 그럼 독자는 세 도시 외에 다른 지역도 대상이 되는 것으로 오해하거나 다른 지역이 어디인지를 궁금해할 수도 있다. 이때는 정보를 충분히 전달하지 못한 것이 된다. 그래서 나는 '등'이 보이면 어떻게든 빼서 문장을 구성하려고 한다. '등'을 빼면 뭔가 정리된 느낌이 들기도 한다.

언젠가 옛날 《뿌리깊은 나무》의 편집장을 지낸 분을 만난 적이 있다. 《뿌리깊은 나무》는 1970년대 후반 발행됐던 월간지다. 그분이 이런 말을 전했다.

"'소 한 마리와 돼지 두 마리 등을 샀다'고 할 때의 '등'은 사람을 헷갈리게 하죠. '소 한 마리, 돼지 두 마리' 외에 다른 가축도 샀다는 말인지, '소 한 마리와 돼지 두 마리' 외에 자질구레한 다른 물건들도 함께 샀다는 말인지, 그도 저도 아니고 '소 한 마리와 돼지 두 마리만' 샀다는 말인지 잘 모릅니다."

그래서 《뿌리깊은 나무》에서는 '등'을 사용하지 않는 걸 원칙으로 정했었다고 했다. 뜻이 분명하지 않은 표현을 쓰는 건 독자에 대한 예의가 아니라고 생각한 거다. 내가 쓰는 글이나 내가 만드는 잡지, 내가 손보는 글에서도 '등'을 빼고 싶어졌다. 그렇지만 생각처럼 '등'을 완전히 빼고 쓰기는 쉽지가 않다. 그래도 가능하면 '등'을 안 쓰려고 한다. 독자가 있는 글이라면 더욱 그런다.

'서울, 부산, 대전' 세 도시만을 대상으로 하는 것이라면 다음과 같이 쓰는 것이 좋겠다.

"서울, 부산, 대전을 대상으로 한다."

괜히 '등'을 넣어 헷갈리게 할 필요가 없다.

'는' 뒤에 '등'을 쓰는 일도 흔하다. 그렇다 보니 '는'이 아니라 'ㄴ' 뒤에 '등'을 쓰는 사람도 보인다. 하지만 다음 처럼 어색해지고 만다.

"추운 등 환경이 좋지 않다."

이 문장에서 '등'은 어울리지 않는다.

"춥고 환경이 좋지 않다."

이렇게 쓰는 것이 더 낫다. '등'은 '추운'처럼 'ㄴ' 뒤에는

매우 추운 등
환경이 좋지 않다

매우 춥고
환경이 좋지 않다

'등'은 다다익선이 아닌 '소소익선'이다. 문장에서 뺄 수 있으면 빼는 것이 좋다.

오지 않는다. '춥다'는 상태를 나타내는 말인데, '등'은 "울부짖는 등 소란을 피웠다"의 '울부짖다'처럼 동작성이 있는 말 뒤에 와야 자연스럽다. "10건에 불과하는 등", "부진하는 등 실적이 나쁘다"가 어색한 건 이 때문이다.

  그리고 '불과하다'는 '불과하는', '부진하다'는 '부진하는'으로 활용되지 않는다. 이 말들도 '춥다'처럼 상태를 나타내는 형용사다. 각각 '불과한', '부진한'으로 쓰인다. 그렇다고 '불과한 등'이라고 할 수도 없다. '지나지 않는 등', '부진한 모습을 보이는 등'이라고 하면 자연스러워진다.

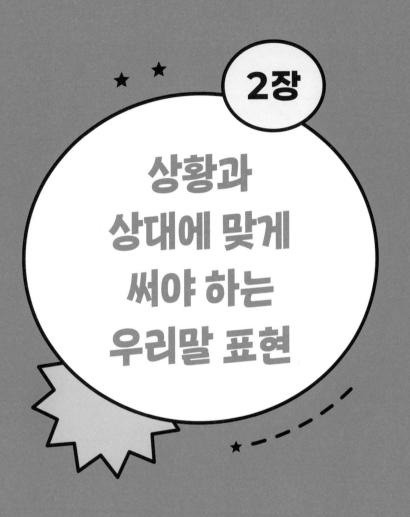

2장

상황과
상대에 맞게
써야 하는
우리말 표현

★★★★★

사과할 때는
심심한 사과보다
진심이 담긴 사과가 낫다

《표준국어대사전》에는 '심심하다'가 표제어로 네 개나 올라 있다.

첫 번째는 '지루하고 재미없다'는 뜻의 '심심하다'다.

이 '심심하다'는 남녀노소를 가리지 않고 일상에서 누구나 흔히 쓴다.

두 번째는 '음식 맛이 조금 싱겁다'는 뜻의 '심심하다'다.

"국물이 심심해"라고 하면 '싱겁다'는 뜻으로 오해 없이 주고받는다.

세 번째는 '매우 깊고 간절하다'는 뜻의 '심심하다(甚深하다)'다.

이 '심심하다'는 주로 '심심한' 형태로만 쓰인다. 다른 형태로 쓰이는 건 못 봤다.

"심심한 위로의 말씀을 드립니다."
"심심한 경의를 표하는 바입니다."

네 번째는 '깊고 깊다'는 뜻의 '심심하다(深深하다)'다.

어떻게 쓰이는지 국어사전에 예문도 없는 걸 보면 이 '심심하다'는 거의 쓰이지 않는 말 같다. 하긴 '깊고 깊다'는 뜻을 나타낼 때 '심심하다'라고 하면 바로 알아듣는 사람도 없겠다.

《표준국어대사전》의 '심심하다'는 쓰이는 빈도가 높은 순서로 배열돼 있다. 그래서인지 세 번째 '심심하다'의 뜻을 정확히 알고 받아들이는 사람은 드문 듯하다. 특히 젊은 층으로 갈수록 더 그래 보인다. 나이가 많다고 하더라도 일상의 대화에서는 쓰는 일이 거의 없다. 많은 사람을 대상으로 할 때 드물게 사용한다. 정말 '심심한' 말이 아닐 수 없다.

2022년 8월, 세 번째 '심심하다'와 관련해 탈이 났다. 한 카페에서 웹툰 작가 사인회를 열기로 했는데, 예약 과정에서 문제가 발생했다. 예약 시스템 오류로 일찍부터 대기하고 있던 사람들이 탈락하고 말았다. 카페는 트위터에 다음과 같은 사과문을 올렸다.

"사인회 예약이 모두 완료되었습니다. 예약 과정 중 불편 끼쳐드린 점 다시 한번 심심한 사과 말씀드립니다."

난리가 났다. 일부 누리꾼들이 '심심한 사과'에 화가 나서 "심심한 사과? 난 하나도 안 심심하다" 같은 댓글을 달았다. '심심한 사과'의 '심심하다'를 첫 번째 뜻인 "지루하고 재미가 없다"라는 뜻으로 오해한 거다. 기다리게 해 놓고 사인회에 못 가게 만들더니 이런 식으로 말한다며 화를 냈다. 그들은 '심심한 사과'에서 깊이 있거나 간절한 느낌을 받을 수 없었다.

카페는 사과문을 다시 올렸다.

"불편을 끼쳐드린 데 대해 진심으로 죄송하다는 말씀드립니다. … 다시 한번 고개 숙여 사과 말씀드립니다."

이 사과문에서는 '심심한'을 쓰지 않았다. 대신 '진심으로', '고개 숙여'라는 표현을 썼다.

애초 카페에서는 더 정중하게 사과하려는 뜻이었을지 모른다. 그렇지만 '심심한'은 탈을 냈고 문제를 만들고 말았다. 문해력 논란까지 불러와 언론 매체가 '사흘'을 '3일'이 아니라 '4일'로 잘못 안 사람, '금일'을 '금요일'로 오해해 과제물을 제대로 제출하지 못한 사람, 사직서 '수리'를 '고치다'는 뜻의 '수리'로 이해해 무엇을 고쳐야 하는지 물어본 사람의 일도 다시 끄집어내게 했다.

이 사건은 정말 재미없었던 말 '심심한'에 대해 다시 일깨워 줬다. 글을 읽고 이해하는 능력인 문해력에 대한 문

말실수가 두려운 사람을 위한 우리말 사용법

'심심하다'에는 '재미없다', '싱겁다', '깊고 간절하다', '깊고 깊다'의 네 가지 뜻이 있다는 사실을 꼭 기억해 둬야 창피당하지 않는다.

제까지 되돌아보게 했다. 무엇보다 문해력을 들춰내기 전에 '심심한 사과'라는 표현이 적절한지 따져 보는 계기가 됐다.

나 같으면 '심심한 사과'라고 절대로 하지 않았을 것이다. 카페의 두 번째 사과문처럼 '진심으로 죄송하다', '고개 숙여 사과드린다'나 '깊이 사과드린다'고 했겠다. 모든 사과는 친절하고 상대가 가장 잘 알아들을 수 있는 말이어야 하니까 말이다.

첫 번째 사과문은 정중한 느낌은 줬을지 몰라도 친절하지 않았다. 쉬운 말도 아니었다.

★★★★★

주인공에게는 축하가,
장본인에게는 비판이
필요하다

연장전까지 가는 접전이 펼쳐지는 야구 경기가 있다. 10회 1사 만루. 대타로 출전한 선수가 자신감 있게 배트를 휘둘렀다. 안타였다. 2대2 동점이던 경기는 4대2로 뒤집혔고, 그는 팀에 귀중한 승리를 안긴 선수가 됐다. 경기 후 인터뷰에서 그는 "욕심을 내지 말자고 생각했다"라고 말했다. 언론은 그를 이렇게 치켜세웠다.

"승리를 안긴 주인공."

사격 선수에게 쇄골 부상은 치명적이다. 그렇지만 한 선수는 쇄골 부상을 두 번이나 당하고도 올림픽에서 금메달을 목에 걸었다. 고등학교 때 처음 부상을 당한 그는 부상 때문에 강한 훈련은 하지 못했다. 하지만 훈련을 하고 싶은 만큼만 하다 보니 오히려 사격에 더 재미를 느끼게 됐다. 자신도 모르게 실력이 부쩍 늘었고 사격 대회에서 우승도 했다. 그렇지만 대학에 입학해서 다시 한번 쇄골 부상을 당했다. 수술을 받아야 했지만 다시 즐겁게 연습하며 실력을 더욱 키웠다. 이런 그를 두고 누군가 말했다.

"인간 승리의 장본인."

승리를 안긴 야구 선수에게는 '주인공'이라고 하고, 역경을 이겨 내고 올림픽에서 금메달을 딴 사격 선수에게는 '장본인'이라고 했다. 어떤 자리에서 최고의 영광을 차지하거나 빛나는 사람은 '주인공', 꺾이지 않는 의지로 성공을 이뤄 낸 사람은 '장본인'으로 뜻이 갈리는 걸까? 그런 건 아니다. 그럼 '주인공'과 '장본인'을 비슷한 의미로 써도 될까?

말실수가 두려운 사람을 위한 우리말 사용법

《표준국어대사전》의 '장본인' 뜻풀이를 보자.

"어떤 일을 꾀하여 일으킨 바로 그 사람."

핵심이 되는 사람을 가리킨다는 뜻이다. 언뜻 '주인공'과 겹쳐 보인다. '주인공' 대신 때에 따라 '장본인'을 써도 크게 무리가 없을 것 같다. 그런데 이 사전의 예문을 살펴보면 그렇지는 않다. 두 개의 예문이 실려 있다.

"이렇게 되기까지 그 사달을 일으킨 장본인은 김강보였다."

김원일,《불의 제전》

"그 이듬해 봄, 다시 또 험한 일이 벌어졌는데 마을을 이토록 쑥밭을 만든 장본인인 그 대학생은 그 돈을 쥐고 한 번 마을을 나간 뒤 전혀 소식이 없었다."

송기숙,《자랏골의 비가》

첫 번째 예문의 '장본인'은 '사달을 일으킨'의 수식을 받는다. '사달'은 '사고'나 '탈'이다. 부정적인 말의 수식을 받고 있다.

두 번째 예문에는 '쑥밭'이 보인다. '쓸모없게 된 밭'이다. 못 쓰게 된 상태나 모양을 가리키는 뜻으로 쓰인다. 이 문장에서는 '쑥밭을 만든'이 '장본인'을 수식한다. 모두 부정적인 상황이다. 뜻풀이는 저렇게 돼 있어도 '장본인'은 부정적인 맥락에서 쓰인다는 걸 알려 준다.

국립국어원 누리집에서는 1940년판 《수정 증보 조선어 사전》을 찾아볼 수 있다. 일제 강점기에 펴낸 이 사전은 '장본인'을 "악인의 괴수"라고 풀이해 놓았다. 못된 짓을 하는 사람들의 우두머리라는 뜻이다.

또한 한글 학회가 1947~1957년에 펴낸 《큰사전》도 볼 수 있는데, 이 사전엔 "못된 일을 빚어 낸 주동자"라고 돼 있다. 이처럼 '장본인'이라는 말은 오랫동안 부정적인 맥락에서 쓰여 왔고, 쓰이고 있다.

반면 '주인공'은 연극이나 영화 등에서 중심이 되는 사

말실수가 두려운 사람을 위한 우리말 사용법

주인공은 무조건 긍정적일 때 쓰고, 장본인은 무조건 부정적일 때 쓴다는 것만 기억하자.

람이다. 어떤 일의 중심인 사람 또는 주도적인 사람이란 뜻으로도 많이 쓰인다. 연극이나 영화에서 주인공은 가장 주목받는 사람이다. 그렇게 주인공은 긍정적인 상황에서만 쓰이게 됐다.

주인공은 긍정적, 장본인은 부정적 의미를 지녔다. 따라서 '인간 승리의 장본인'은 '인간 승리의 주인공'이라고 해야 적절하다.

한 구청에서 독거노인을 지원하기 위해 바자회를 열었다. 국악 밴드 공연이 끝나고 사회자가 말했다.

"오늘 바자회를 물심양면으로 도와준 분을 소개하겠습니다. 김 대표님 무대로 올라오세요. 대표님이 이번 행사의 장본인입니다."

'장본인'이 아니라 '주인공'이라고 소개했으면 더 좋았겠다.

★★★★★

심난한 문제 앞에서는
심란한 마음 때문에
잠도 오지 않는다

내일 면접을 앞둔 가영. 마음이 뒤숭숭하고 불안이 밀려온다. 한두 번 본 면접도 아닌데 볼 때마다 앞이 캄캄하고 마음이 무거워진다. 필기시험을 우수하게 통과하고도 면접 때문에 마지막 관문을 통과하지 못한 적이 많았다. 평소 친구들에게는 말도 잘하고 얘깃거리도 많은데 면접관 앞에만 서면 너무 떨리고 아무 말도 못 한다. 이번에도 그럴 것 같아서 생각이 많다. 갑갑한 마음에 친구에게 문자를 보냈다.

"내일 면접이야. 심난하고 잠도 잘 안 오네. 면접 또 망치면 어떡해? 뭐 방법 없을까? 입맛이 없어서 저녁도 안 먹고 누워 있어."

친구가 바로 문자를 보내 왔다.

"에구, 심난하겠다. 그래도 마음 편히 먹어. 나한테 말하듯이 말하면 잘 풀릴 거야. 움츠러들지 말고 힘내! 그리고 인터넷에서 전문가들 말 좀 찾아보고, 거울 보면서 연습도 하고 그래."

친구와 몇 마디 더 주고받은 가영은 인터넷과 유튜브를 뒤졌다.

'그래, 남들이 나를 쳐다보는 걸 두려워하지 말자. 난 충분히 잘할 수 있어.'

자신에게 용기를 불어넣은 가영은 자신이 무엇을 잘하

말실수가 두려운 사람을 위한 우리말 사용법

는지, 왜 지원하게 됐는지에 대해 다시 한번 분명하게 생각을 정리했다. 물론 열심히 연습도 좀 했다.

회사에 다니며 틈틈이 블로그를 운영하는 준호. 주로 여행, 맛집, 생활 주변 이야기를 올린다. 그는 요즘 집안일과 회사 일로 바쁘고 마음도 뒤숭숭하다. 어머니가 병원에 입원하셔서 퇴근한 뒤 매일 병원으로 향한다. 나이가 많으셔서 걱정이 많다. 회사에서는 부장으로 승진한 지 얼마 안 됐는데, 업무 개선에 관한 보고서를 작성하느라 머리가 아프다. 게다가 새로 들어온 신입 사원이 있고 휴직한 부원도 있다. 늦은 밤 블로그에 글을 하나 올렸다.

"심란하다. 엄마가 입원하신 지 일주일째. 날씨는 추워지고 병원에 얼마나 더 계셔야 하는지 모른다. 마음이 편치 않아서 회사 일도 잘 안 잡힌다. 그러나⋯."

다음 날 부서 단톡방에 여러 글이 올라왔다.

"부장님, 걱정 많으시겠어요."

"심난하시겠어요."

'심난하다'고 쓴 사람은 가영이다. 준호는 '심난'에 살짝 눈길이 갔다. 자신은 어제 '심란하다'고 썼기 때문에 잘못 썼나 싶기도 했다. 그리고 보니 말할 때는 분명히 [심난하다]라고 한다. 뭐가 맞을까?

준호는 국어사전도 찾아보고 인터넷도 뒤지기 시작했다. 자신이 쓴 게 맞았다. 그런데 '심난'과 '심란'은 똑같이 [심난]으로 발음된다. 그렇다 보니 혼동할 때가 적지 않은 것 같았다. 그렇지만 뜻은 전혀 달랐다. 비슷하지도 않았다. 국어사전에서 확인한 뜻은 조금 당황스러웠다. '심난하다'는 "매우 어렵다"는 뜻이었다. 마음이 뒤숭숭하거나 혼란스러운 것과는 상관이 없었다. 이럴 때 사용해야 하는 말은 '심란하다'였다. 자신이 평소 "마음이 어수선하다"라는 뜻으로 사용하는 '심란하다'가 바른 표현이었다.

'심난하다'와 '심란하다'는 형태도 발음도 비슷하다 보니

'심난하다'는 '어려울 난(難)'을 쓰고, '심란하다'는 '어지러울 란(亂)'을 쓴다.

헷갈린다. 그렇지만 전혀 다른 말이다. '심난하다'는 매우 어렵거나 곤란한 상황에서 쓰인다. 회사 일이 어렵고 힘들 때 "회사 일이 심난해"라고 할 수 있다. 또 다녀온 여행이 빡빡하고 고된 일정이었다면 "심난한 여행이었어"라고 하면 된다. 그런데 이런 상황들에서 '심난하다'를 쓰는 사람은 별로 없는 듯하다. 대신 대부분 "너무 힘든 여행이었어", "회사 일이 너무 고돼" 같은 말을 사용한다. '심난하다'는 사용 빈도가 낮은 말이 됐다. 잘못 사용하는 예를 빼놓고는 말이다.

평소 더 많이 사용하는 말은 '심란하다'다.

"너, 얼굴이 심란해 보이는데?"

"심란해서 일이 손에 잡히지 않아."

흔히 근심이 있어 보이거나 마음이 뒤숭숭할 때 쓰는 말은 '심난하다'가 아니라 '심란하다'이다.

★★★★★

알아 두면
쓸모 있는
죽음과 관련한 말들

사람이 죽는 일과 관련해서는 직설적으로 표현하지 않으려고 한다. 죽은 사람이 누구든 죽음 앞에선 누구나 엄숙해진다. 이전 시대의 말들은 바뀌지 않고, 어려운 말들도 그대로인 채다. 신문이나 방송의 뉴스에 나오는 말부터도 쉽지가 않다. 부음 기사의 첫 문장은 대개 이렇게 시작한다.

"○○○ 여사가 7일 별세했다. 향년 90세."
"○○○ 씨가 8일 별세했다. 향년 85세."

'별세(別世)'는 그리 어렵지 않지만, '향년(享年)'은 어렵다. '향년'의 국어사전 풀이는 "한평생 살아 누린 나이"다. 그런데 뉴스의 문장 속에 나오는 '향년'은 군더더기 같은 말이다.

"○○○ 씨가 85세의 나이로 8일 별세했다."

이렇게 표현해도 된다. '향년'을 빼는 게 더 쉽게 전달된다. 나이만 넣어도 죽은 사람의 나이가 그렇다는 걸 다 안다. 안 쓰면 안 되는 것일까? 그렇지 않다. 반드시 넣어야 하는 형식인 줄 아는 사람도 있는데, 그렇지 않다. '향년'은 있어야 하는 형식이 아니다.

'별세'는 본래 세상을 떠난다는 뜻이다. 죽음을 완곡하게 가리키는 말인데, 국어사전의 뜻풀이는 "윗사람이 세상을 떠남"이다. 말 자체가 가진 뜻에서 사회적 의미가 더해져 높이는 말이 됐다. 뉴스에서 '별세'만 쓰는 건 아니다. '별세'보다 더 높이는 말도 이어진다.

'타계(他界)'라는 단어도 심심치 않게 보인다. '타계'도 본래는 세상을 떠난다는 말이다. 국어사전에는 "특히 귀인(貴人)의 죽음을 이르는 말"이라고 돼 있다. '별세한' 사람보다 사회적 위치가 있던 사람이 죽었을 때 언론은 '타계'라고 한다.

그다음에 보이는 말은 '서거(逝去)'다. "죽어서 세상을 떠난다"라는 말이다. 현실에서는 지위가 아주 높은 사람, 대통령급의 사람이 죽었을 때 '서거'라는 말을 붙인다.

누구는 '별세', 누구는 '타계', 누구는 '서거'라고 한다. '사망' 외에 다 높이는 말들이지만, 거기서도 또 차별이 있다. 별세, 타계, 서거 순이다.

언론에는 죽음과 관련해 더 어려운 말들도 보인다. 입적(入寂), 열반(涅槃), 소천(召天), 선종(善終), 환원(還元). 각각의 종교에서 죽음을 가리키는 말들이다. 무슨 뜻으로 어디에서 쓰는 말일까?

'입적'은 "승려가 죽음"이라는 뜻으로, 불교에서 승려가 죽었을 때 쓴다. 한자의 뜻을 풀이하면 '고요한 상태로 들어간다'는 뜻이 있다.

'열반'도 불교의 용어인데, "모든 번뇌의 얽매임에서 벗어나고, 진리를 깨달아 불생불멸의 법을 체득한 경지"를 의미한다.

'소천'은 개신교에서 쓰는 말인데, "하늘의 부름을 받아 돌아간다"라는 뜻이다.

'선종'은 "큰 죄가 없는 상태에서 죽는 일"을 뜻하는 말로 가톨릭에서 쓴다.

'환원'은 "본디의 상태로 다시 돌아감"이라는 뜻으로 천도교에서는 죽음을 이렇게 말한다.

언론에서는 일상의 말들로 표현해도 될 텐데도 꼭 어렵게 쓴다.

사람의 죽은 몸을 가리키는 말들도 언론에서는 차이가 많다. 국어사전의 풀이처럼 쓰이지도 않는다.

때때로 '사체(死體)'도 보이는데, 일상에서는 사람의 죽은 몸을 '사체'라고 하지 않는다. 이 말은 '시체(屍體)'로 바꿔야 한다. 일본 한자어에서 온 법률의 문장들에 '시체'가

'향년', '별세', '타계', '서거' 등 기사나 뉴스에서 많이 보이는 단어들이
지만 일상에서는 '돌아가다'라는 표현만 알아 둬도 문제 없다.

'사체'라고 돼 있다. 그대로 쓸 일은 아니다. '시신'도 사람의 죽음 몸을 가리킨다. 그런데 '시체'보다 좀더 정중한 말로 쓰인다.

'유해(遺骸)'는 《표준국어대사전》에 따르면 "주검을 태우고 남은 뼈. 또는 무덤 속에서 나온 뼈"라는 뜻이다. 언론에서는 이런 뜻으로도 쓰지만, 때때로 '시신'보다 높인 말로도 사용한다. '유해'는 사회적 신분이 아주 높거나 사회적으로 주목을 받는 이의 시체를 가리킬 때 쓰는 언론의 용어가 됐다.

'운명(殞命)하다'는 일상에서도 흔히 틀리지만, 언론에서도 그런다. '운명하다'는 "사람의 목숨이 끊어지다"라는 말이다. '운명을 달리하다'라고 표현하면 어색한 말이 된다. '달리하다'는 '유명(幽明)'과 어울린다. "그가 유명을 달리했다"처럼 쓰인다. '유명'은 저승과 이승을 가리킨다.

당숙과 당숙모,
처남과 매형, 형님과 올케,
어렵지만 친숙한 호칭들

아버지는 사촌 형제자매가 많다. 나와 그들의 촌수는 오촌이다. 나는 남자들에게는 "아저씨"라고 불렀고, 여자들에게는 "아줌마"라고 했다. 어른들이 알려 준 정식 호칭이었다. 구체적으로 누구를 말하는 건지 구별이 필요할 때는 앞에 이름을 붙였다. "○○ 아저씨", "△△ 아줌마"라고 불렀다. 시간이 흘러 결혼을 한 아저씨의 부인도 아줌마였다. 나와 나이 차가 크지 않았어도 아줌마였다. 아줌마라고 부르니 이상하긴 했지만, 그래도 집안에서 내려오는 호칭 방식이어서 서로 자연스럽게 받아들였다.

《표준국어대사전》을 보면 '아저씨'가 "부모와 같은 항렬에 있는, 아버지의 친형제를 제외한 남자를 이르는 말"이라고 돼 있으니 이상한 호칭은 아니었다. 그래도 남처럼 보이는 '아저씨', '아줌마'는 어색했다. 어른들은 그렇지 않은지 아버지의 사촌을 대신하는 말로 '당숙'과 '당고모'가 있는데도 '아저씨', '아줌마'라고 부르라고 했다.

나와 오촌인 아줌마들도 한 명 두 명 결혼을 했다. 아줌마의 남편은 아저씨가 아니라 '고모부'였다. 정식 호칭은 '당고모부'지만, '당' 자를 빼고 '고모부'라고 불렀다. 그리고 아줌마는 곧 '고모'로 바뀌었다. 고모가 적절한 호칭이라는 생각이 들었다. 아버지의 사촌이니 '당고모'였지만, '당' 자를 빼고 '고모'라고 불렀다. '당'을 붙이면 한 걸음 더 멀어지는 느낌이 들었다. 아버지 친남동생들은 '삼촌'이었다가 그들은 결혼하고부터는 '작은아버지'가 됐다. 아버지 친여동생도 '아줌마'였는데, '아줌마'가 결혼을 하고 언젠가부터 '고모'라고 불렀다.

다른 집들처럼 최소한 결혼 뒤부터는 아저씨 대신 '당숙'이라고 하고, 아저씨 부인은 '당숙모'나 '숙모'로 불렀으면 어땠을까 싶기도 하다.

　나는 사촌 동생들도 좀 있다. 사촌 동생 아들딸과 나도
오촌 사이다. 그 애들은 내게 '아저씨'라고 부르지 않는다.
집안의 전통적인 호칭 방식을 따르면 아저씨여야 하는데,
너무 남 같았던 모양이다. 대신 '큰아빠'라고 부른다. 나도
'아저씨'로 불렸다면 별로였을 거라고 생각했는데, 다행이
다 싶었다. 호칭도 시대와 상황에 따르는 게 맞다고 본다.
　사촌 동생의 배우자는 나를 "아주버니"라고 부르고, 나
는 그를 "제수씨"라고 부른다. 내가 여자였다면 그는 나를
"형님"이라고 부르고, 나는 그를 "올케"라고 불러야 한다.
내 배우자는 사촌 동생의 배우자를 "동서"라고 부른다. 그
는 내 배우자에게 "형님"이라고 한다. 사촌도 친형제자매
사이처럼 부른다.
　여동생이 나보다 먼저 결혼을 했다. 여동생 남편은 나
보다 한 살 많았다. 어떻게 불러야 할지 궁금했다. 아버지
가 고모의 남편을 정확히 뭐라고 부르는지 얼른 생각이
나지 않았다. 고모부는 아버지 보고 반드시 '형님'이라고

매형, 매제, 처형, 처남, 제수, 동서, 형부, 올케 등 우리나라 가족 호칭
은 관계마다 다양하다. 처음 접하면 생소하고 어렵지만, 생각보다 사
용해야 할 때가 많아 익혀 두면 좋다.

했다. 아버지는 고모부를 이름으로 가리킬 때가 많아서 달리 기억에 남는 호칭은 없다. 작은아버지는 고모의 남편에게 '매형'이라고 잘도 불렀다. 때로는 '매부'라고도 했다. 모두 '누이의 남편'이란 뜻이다. 매부는 조금 더 점잖아 보이는 표현처럼 느껴졌다. 고모의 다른 오빠들도 아버지처럼 고모부를 대했다.

내 여동생 남편이 나보다 나이는 많았지만, 여동생을 기준으로 해야 했다. '형'이 아니라 '제'여야 했다. '매제'였다. 그는 나를 '처남'이라고 불렀다. 나는 여동생 남편에게 '아내의 남자 형제'였다.

내 아내의 여동생은 나보고 '형부'라고 부른다. '언니의 남편'이란 뜻이다. 나는 그를 '처형'이라고 부른다. 언니는 호칭을 바로 알고 있었는지 너무도 쉽게 내게 '제부'라고 했다. '여동생의 남편'이란 뜻이다. 아내의 언니는 자신의 남동생 아내에겐 '올케'라고 한다. 그럼 그는 아내의 언니에게 '형님'이라고 부른다. 아내의 남동생은 내게 '매형'이라고 하지만, 난 그의 이름을 그대로 부른다. 일상적인 호칭 방식들이다.

★★★★★

불구하고는 그럼에도와,
불고하고는 염치와
어울려 쓰인다

'그럼에도 불구하고'의 '그럼'은 '그렇다'의 명사형이다. '낳다'는 말의 명사형은 '낳음'이다. '놓다'는 '놓음'이고, '닿다'는 '닿음'이다. 이처럼 '-음'이 붙어 명사형이 된다.

이런 말들 말고 색채를 나타내는 말들인 '빨갛다, 하얗다, 노랗다'는 명사형이 될 때 'ㅎ'은 탈락하고 'ㅁ'이 붙는다. 쓸 일이 거의 없어서 다소 낯설겠지만 각각 '빨감, 하얌, 노람'이 된다.

'그렇다'도 이런 말들처럼 명사형이 될 때 'ㅎ'이 사라지고 'ㅁ'이 붙는다. '그럼'은 이렇게 '그렇다'의 활용형이 됐다. '그렇다'의 본말 '그러하다'의 명사형은 '그러함'이 되는데, '그러함'에 '불구하다'를 붙인 '그러함에도 불구하고'는 잘 쓰이지 않는다. '그럼에도 불구하고'가 관용구처럼 많이 쓰인다.

'불구하다'는 "얽매여 거리끼지 않는다"는 뜻인데, 이 단어가 빠지면 뭔가 허전한 느낌을 줄 때도 있다.

"추위가 계속되고 있다. 그럼에도 불구하고 그는 옷을 얇게 입고 다닌다."

"불황이다. 그럼에도 불구하고 매출은 계속 증가한다."

'불구하다'는 '그럼에도'와 더 잘 어울려 쓰이지만, '그럼에도'와만 함께 쓰이는 건 아니다. 앞의 문장들은 다음처럼 바뀌기도 한다.

"추위가 계속되고 있음에도 불구하고 그는 옷을 얇게 입고 다닌다."

"불황인데도 불구하고 매출은 계속 증가한다."

문장이 더 간결해지기를 바라는 사람들은 '불구하다'를 넣지 않는다. '불구하다'는 말이 의미를 어렵게 만든다고 생각한다. 그래서 다음처럼 줄여서 쓰기도 한다.

"추위가 계속되고 있다. 그럼에도 그는 옷을 얇게 입고 다닌다."
→ "추위가 계속되고 있음에도 그는 옷을 얇게 입고 다닌다."

"불황이다. 그럼에도 우리 매출은 계속 증가한다."
→ "불황인데도 우리 매출은 계속 증가한다."

그러고 보면 '불구하고'가 반드시 있어야 하는 말은 아니다.
그럼에도 '그럼에도 불구하고'는 '그럼에도'보다 길어서 경제적이지 않아 보이지만 이미 모두에게 너무 익숙한 표현이 됐다.

"불황이다. 그러나(하지만) 매출은 계속 증가한다."

'그럼에도 불구하고'를 '그러나', '하지만'으로 바꿀 수도 있다. 하지만 그럼 '그럼에도 불구하고'처럼 '강하고 단정적인 의미'는 사라진다. 이런 의미, 의도가 필요 없는 상황에서는 '불구하고'가 거추장스러울 수 있다.

사람들이 자주 헷갈리는 '불고하다'는 '불구하다'와 구별해야 한다. '불고하다'는 "돌아보지 않는다"라는 말이다. "얽매여 거리끼지 않는다"를 뜻하는 '불구하다'와 다르다. '불구하고'가 익숙한 말이라 그런지 '염치 불구하고'라고 쓰는 예가 적지 않다.

"체면을 차릴 줄 알며 부끄러움을 아는 마음"이라는 뜻을 가진 '염치'는 '돌아보다'와 어울린다. '염치 불구하고'가 아니라 '염치 불고하고'라고 해야 어울리는 말이 된다.

"염치 불고하고 부탁할 수밖에 없었다."
"염치 불고하고 연락했다."

불구하고   불고하고

'불구하고'는 굳이 쓰지 않아도 문장이 자연스럽다. 반면 '불고하다'를
삭제하면 문장은 완성되지 않는다.

염치를 돌아보지 않은 상황이니 이렇게 쓰는 것이 맞다. 아니면 '불고하다'가 어려우니 그냥 '염치 없이', '염치를 보지 않고'로 써도 된다. '체면'도 그렇다. '체면'도 "돌아보지 않는다"는 '불고하고'와 같이 써야 자연스럽다.

"체면 불고하고 먹었다."
"체면을 불고하고 뭐든 부탁했다."

아니면 '체면 차리지 않고 먹었다', '체면을 생각지 않고 뭐든 부탁했다'라고 할 수도 있겠다.

⭐⭐⭐⭐⭐

획 하나로
뜻이 달라지는
헷갈리는 단어들

모양이나 발음이 비슷한 말들은 헷갈리기 쉽다. 한번 헷갈리면 버릇처럼 잘못 쓰는 말들도 있다. 어떻게 구분 하는지 다시 한번 살펴보는 것도 좋겠다. 다음의 말들은 매일같이 글을 쓰는 기자들도 틀리는 일이 흔하다.

• **당기다/댕기다/땅기다**

마음이 끌리는 일을 표현할 때 잘못 쓰는 일은 없다. 대 부분 '당기다'라고 한다.

"호기심이 당겼다."
"그가 하는 말에 구미가 당겼다."

'호기심이 댕겼다'고 하지는 않는다.
'댕기다'는 "불이 옮아 붙다"라는 뜻이다.

"내 마음에 불을 댕겼다."
"불은 마른 나무에 잘 댕긴다."

모두 '댕기다'다.
'땅기다'는 "몹시 단단하고 팽팽하게 되다"라는 말이다.

"얼굴이 땅긴다."
"상처가 땅겨 아프다."

말할 때 "얼굴이 땡겨"라고 하는 예가 흔히 있는데, 표준어는 '땅겨'다.

• 개발과 계발

'콘텐츠 계발'은 어색하다. '콘텐츠 개발'이 자연스럽다. '계발'은 "슬기와 재능, 정신을 일깨운다"는 뜻이다. '능력 계발', '소질 계발', '자질 계발'처럼 쓰인다. 잠재력을 키우는 것과 관계되면 '계발'이다. 그래서 '자기 계발'도 된다.

'개발'은 조금 더 넓게 쓰인다. 토지나 천연자원 등을 유용하게 만들거나 새로운 물건 또는 생각을 내놓는 일을 표현할 때 쓴다. '유전 개발', '신제품 개발', '산업 개발', '프로그램 개발'처럼 쓰인다. 그리고 지식이나 재능을 발달하게 한다는 뜻도 있다.

• 갱신과 경신

'갱신'은 "계약의 유효 기간이 만료됐을 때 기간을 연장함"이라는 뜻이다. 운전면허나 비자, 여권 등은 유효 기간이 지나기 전에 연장해야 한다.

"운전면허 갱신."
"전세 계약 갱신."

'경신'은 "종전의 기록을 깨뜨림"이다.

"그는 최다 안타 기록을 경신했다."
"쇼트트랙 1,000m 기록을 경신했다."

기록이 나오면 '경신'이다.

• 고맙다와 감사하다

'감사한 친구', '감사한 분'보다는 '고마운 친구', '고마운 분'이 더 친근해 보인다. 속마음을 더 드러낸 느낌을 준다. "감사합니다"라고 하면 괜한 격식이나 예의를 차리는 느낌이 들 때도 있다. '감사'라는 말이 일본어에서 왔다고 주장하는 사람도 있는데, 전혀 그렇지 않다. '감사'는 중국, 일본과 함께 우리도 오래전부터 사용해 온 한자어다.

'고맙다'는 형용사로만 쓰이지만, '감사하다'는 형용사로도 동사로도 쓰인다. 다음 문장은 '감사하다'가 동사로 쓰이는 경우들이다.

"그의 도움에 감사하다."

"그가 방문한 것에 감사하고 있다."

이 문장들에 '고맙다'를 넣을 수는 없다. 상태를 나타내
는 상황이 아니기 때문이다. 형용사 '감사하다'는 다음과
같이 쓰인다.

"호의가 감사하다."

"감사한 날이 많았다."

여기선 '감사하다' 대신 '고맙다'를 넣어도 자연스럽다.

• 때문/덕분/탓

'때문'은 의존 명사다. 다른 말 뒤에 쓰인다.

"너 때문에 좋았어."

"바람 때문에 낙엽이 떨어졌네."

"일 때문에 바빴다."

'때문'은 이처럼 긍정적인 상황에서든, 부정적인 상황에서든, 중립적인 상황에서든 다 쓰인다.

'덕분'은 긍정적인 맥락에서만 쓰인다.

"선생님 덕분에 일을 쉽게 마쳤습니다."
"우리가 이긴 건 다 네 덕이다."

'탓'은 부정적인 상황에서만 사용된다.

"이번 경기에서 진 건 네 탓이야."
"급한 성격 탓에 자주 부딪쳐요."

"선생님 탓에 일을 쉽게 마쳤습니다", "우리가 이긴 건 다 네 탓이야"라는 말은 자연스럽지 않다. 모두 긍정적 상황이니 '덕분'이나 '때'여야 한다.

• 부분과 부문

'부분'은 전체 가운데 일부를 가리킬 때 사용한다. 부분과 전체. '부분'은 '전체'의 상대어 개념이다.

"썩은 부분."
"드라마 마지막 부분."

'부문'은 '분야'와 비슷한 말이다. 기준에 따라 나누어 놓은 낱낱의 영역을 가리킨다. '부분'이 전체의 일부라면 '부문'은 일정한 기준에 따라 나눈 분류다.

"중공업 부문."
"피아노 부문에서 입상."

• 빈소와 분향소

'빈소'는 "상여가 나갈 때까지 관을 놓아두는 방"이다. 이곳에서 관을 병풍으로 가리고 조문객들을 맞는다.

'분향소'는 빈소 이외의 장소다. 이곳에서도 향을 피우고 고인의 명복을 빈다.

빈소는 관이 있는 곳이므로 한 곳이다. 반면 분향소는

관이 없는 곳에도 자리할 수 있기 때문에 여러 곳일 수도 있다.

• 임대와 임차

'임대'는 "돈을 받고 물건을 남에게 빌려준다"는 뜻이다. '건물을 임대하다'는 건물 주인이 남에게 건물을 빌려주다는 말이다. '임대'는 건물 주인이 주체가 된 표현이다.

'임차'는 "돈을 내고 남의 물건을 빌려 쓴다"는 말이다. 건물을 빌린 사람이 주체라면 '건물을 임차하다'가 돼야 올바른 표현이다. 건물을 빌린 사람은 건물 주인에게 '임차료'를 내고, 건물 주인은 '임대료'를 받는다.

• 일절과 일체

'일절'은 '부사'로만 쓰인다. 부정하거나 부인하거나 금지하는 동사를 꾸민다. '아주', '전혀', '절대로'와 비슷한 뜻으로 쓰인다. '일절' 뒤에는 '부정' 또는 '금지'하는 말이 온다.

"술을 일절 금했다."

"일절 입 밖에 내지 않았다."

'일체'는 쓰임새가 두 가지다. 하나는 명사로 쓰인다. 이
때는 "모든 것", "전부"라는 뜻이다.

"여행 경비 일체를 친구가 냈다."
"그가 일체의 책임을 졌다."

다음처럼 부사로도 쓰인다. "모든 것을 다", "죄다"의 뜻
으로 뒤에 오는 서술어를 꾸민다.

"근심은 일체 버렸다."
"그는 맡은 일을 일체 거부했다."

• 재연과 재현

'재연'은 한 번 했던 행위나 일이 다시 되풀이되는 것에,
'재현'은 사물이나 현상이 다시 나타나는 것에 초점이 있다.

"불행한 사태(일)의 재연은 없어야 한다."

"숫자 놀음을 재연하고 있었다."

일의 되풀이와 행위를 다시 보이는 것에 '재연'이 쓰인다.

"100년 전 마을을 재현했다."

"4강 신화의 재현."

공간이나 현상을 다시 나타내면 '재현'이 쓰인다.

• 지양하다와 지향하다

"우리는 상업주의를 지양한다."

"불필요한 수술을 지양한다."

'지양하다'는 무엇을 하지 않고 피한다는 뜻이다. 그러나 단순히 이런 뜻으로만 쓰이는 건 아니다. "더 높은 단계로 오르기 위해 무엇을 극복한다"는 의미를 깔고 있다. 본래 철학에서 쓰던 말이었다. 어떤 것을 그 자체로는 부

지양하다   지향하다

모양은 비슷해 보이지만, 뜻은 전혀 다른 경우가 많다. 한번 알아 두면
평생 써먹을 수 있으니 참고할 것.

정하면서 오히려 한층 더 높은 단계에서 이것을 긍정하는 일을 뜻한다. 그러나 일상으로 들어오면서 더 높은 단계로 오르기 위해 어떤 것을 하지 않는다는 뜻이 됐다.

'지향하다'는 "어떤 목표로 뜻이 쏠리어 향한다"는 뜻이다.

"올림픽은 평화를 지향한다."
"안정을 지향한다."

'지향하다'는 피하지 않고 나아가는 것이다.

• 체제와 체계

'체계를 세운다'고 하지 '체제를 세운다'고 하지 않는다. '체제'가 뜻하는 것은 어떤 원리나 이론, 양식이다.

"자본주의 체제."
"지도 체제."

'체계'는 조직이나 틀을 뜻한다.

"지휘 체계."

"생산 체계."

• 한창과 한참

'한창'은 어떤 일이 가장 활기차게 일어나는 때다. 어떤 상태가 무르익은 때이기도 하다. 일이 활기 있게 일어나거나 상태가 무르익은 모양을 말하기도 한다.

"마을은 축제 준비로 한창이다."

"진달래가 한창이다."

"사람이 한창 붐비는 시간이다."

'한참'은 시간이 상당히 지나는 동안이다. '한동안'과 비슷하다.

"그는 한참 나를 바라봤다."

"한참 전에 도착했다."

★★★★★

아메리카노는
나오신 걸까,
나온 걸까?

한 구두 가게. 직원이 구두를 가져오며 손님에게 말한다.

"여기 앉으실게요."

손님이 속으로 말한다. '앉으실게요? 자기가 앉겠다는 거야? 나더러 앉으라는 거야?' 영 못마땅한 표정이다. 직원이 다시 말한다.

"한번 걸어 보실게요."

손님은 황당해하며 또 속으로 말한다. '걸어 보실게요? 자기가 걷겠다는 거야? 나더러 걸으라는 거야?' 구두를 산 뒤 계산하고 나갈 때 직원은 또 이렇게 말한다. 미소까지 지으면서.

"영수증 받으실게요."

'자기가 받겠다는 거야? 나더러 받으라는 거야?' 손님은 끝까지 불편한 마음을 감추지 못한 채 가게를 나선다.

여기서 '앉으실게요'는 '앉으세요' 또는 '앉으시죠'로, '걸어 보실게요'는 '걸어 보세요' 또는 '걸어 보시죠'라고 하는 게 적절하고 올바르다. '받으실게요'는 '받으세요' 혹은 '받으시죠'라고 해야 한다.

"주문하신 아메리카노 나오셨습니다."
"이 핸드폰은 매진되셨어요."

백화점이나 편의점 같은 매장에서 물건을 고객처럼 존

대하는 일이 흔하다. 물건을 높인다고 사람이 높아지지 않는다. 오히려 불편해진다. 물건을 높이는 것. 버려야 할 표현 방식 중 하나다. 일상에서처럼 "나왔습니다", "매진 됐어요"가 편하고 자연스럽고 좋다.

지난겨울 병원에 다녀온 국어학자를 만났다.

"병원에 갔는데, '주사 맞으실게요'라고 하네. 하하."

쓸쓸하긴 했지만, 그렇다고 그렇게 불쾌하진 않았던 모양이다. 나도 비슷한 감정으로 장단을 맞췄다.

며칠 뒤 서비스직에서 일하는 사람을 만났다.

"병원에서 '주사 맞으실게요'라는 말을 들으면 어때? 이상하지 않아?"

"아니. 뭐가 이상해?"

"어색하지 않아?"

"안 어색해."

"그럼, '할인 제품이세요'나 '배달이세요, 포장이세요?'도 그렇겠네?"

"익숙한데. 하하."

"'주사 맞을게', '오늘 볼게' 같은 말은 자신이 그런 행동을 할 때 쓰잖아. 그래야 어색하지 않고. 그런데 '맞으실게요', '보실게요'는 어떻게 하자는 거야? '배달이세요, 포장이세요?'는 '배달해 드릴까요, 포장해 드릴까요?'라고 말하는 게 일상적이고."

"그렇긴 하지."

서비스가 이뤄지는 공간에서 '계산하실게요'나 '카드 꽂으실게요'는 자연스러운 말이 됐다. 이렇게 말하지 않으면 불쾌감을 드러내는 사람들도 있다. 한쪽에선 바른 언어 습관을 들이라고 지적하고, 한쪽에선 손님을 무시한다고 불평한다. 서비스업 종사자들은 난감하다.

'걸어 보세요'는 명령조 같아서 망설여진다. 불평을 들으면 손님에게 잘못한 것 같다는 생각이 들기도 한다.

높임 표현이 어렵다면 서술어 바로 앞의 단어가 '사람'인지 아닌지 구분해 보자. 고객이나 선생님 등 높여야 할 사람이면 높이고 커피나 물건 등의 사물이면 높이지 않는다.

처음부터 정확하게 존대했으면 아무 문제가 없었을 거다. 그렇지만 이건 말이 그렇다는 것일 뿐 현실 한 귀퉁이에선 일상과 다른 존대 방식의 말들이 오간다. '주사 맞으실게요'는 '주사 맞으시겠습니다'로, '제품이세요'는 '제품입니다'로, '배달이세요, 포장이세요?'는 '배달해 드릴까요, 포장해 드릴까요?'로 다시 돌아갈 수 있을까?

말실수가 두려운 사람을 위한 우리말 사용법

★★★★★

글의
문턱을 높이는 필자,
진심을 더하는 나

문장에서 자신을 어떤 단어로 표현하는 게 좋을까? '나' 일까, '필자'일까? 중요하지 않은 질문 같아 보일 수 있다. 그렇지만 현재 우리의 글쓰기에서는 중요하다. 의외로 글에서 자신을 가리킬 때 '필자'를 많이 쓴다. 말할 때는 분명 '나'라고 하면서 글로 옮길 때는 '필자'라고 한다. '나'보다 '필자'가 품격 있어 보인다고 생각하는지 모르겠다. 아니면 대부분이 '나' 대신 '필자'라고 쓰니까 글에서는 '필자'가 어울리는 표현이라고 받아들였을 수도 있다.

그런데 '필자'는 '나'를 가리키는 일인칭이 아니라 '그'를 가리키는 삼인칭이다. '그 책의 필자', '글에서 필자가 말하려고 하는 것'처럼 '필자'는 '나'를 가리키지 않는다. 그럼에도 많은 문장에서 '나'를 '필자'라고 표현한다.

"필자는 아침에 일어나자마자 물을 마신다."
"그것은 필자가 제안한 내용이었다."

이렇게 '나' 대신 '필자'라고 하면 뭔가 문턱을 하나 놓은 것처럼 보인다. 필요 없는 장식이나 창문 같기도 하다. '필자' 대신 '나'를 넣고 비교해 보면 금세 드러난다.

"나는 아침에 일어나자마자 물을 마신다."
"그것은 내가 제안한 내용이었다."

훨씬 친근감 있고 쉽게 다가온다. 주체가 더 분명해 보인다. '필자'는 폼은 잡을 수 있을지 모르지만, 편하고 쉬운 표현은 아니다.

말실수가 두려운 사람을 위한 우리말 사용법

초등학교 시절 선생님이 이런 말을 했다.

"일기는 자기 일을 쓰는 거야. 그러니까 '나는'은 쓸 필요가 없어. 그리고 날짜도 앞에 써 놨잖아. '오늘'도 필요 없는 말이야."

선생님의 이 말씀은 일기를 쓰는 지침이 됐다. 나도, 친구들도 필수 성분처럼 여기던 '나는 오늘'을 빼기 시작했다. 삶이 단순했고, 생각이 많지 않았던 시절이라 쓸거리도 별로 없었는데 낱말 두 개를 줄이는 건 괜한 손해 같았다. 그렇지만 절대적으로 받아들여야 했다. 그 뒤 어떤 글을 쓰더라도 '나는'을 주어로 놓는 일이 없었다. 나중에 발견한 '필자'를 때때로 썼던 것 같다. 지금은 '필자' 대신 '나는'이라고 쓴다.

돌아보면 일기에서 '나는'을 빼라는 지침은 글쓰기에 적지 않은 영향을 줬다. "안 돼. 쓰지 마" 같은 말은 다른 것도 멈칫하게 한 듯하다. '나는'을 주어로 놓지 않게도 했다. 지침은 '이렇게 쓰지 말라, 저렇게도 쓰지 말라'보다

'이렇게도 쓰고, 저렇게도 써라'가 좋았다. '신나게 생각하고 거리낌 없이 써라'여야 했다. 그러다 보면 생각하는 힘도 커지고 글은 절로 정리가 된다. 오류가 있거나 적절치 않아 보이는 표현은 쓰고 나서 고치면 된다.

신문사에서 일하면서 문장과 그에 쓰이는 말에도 관심을 갖기 시작했다. '나는'도 지켜보게 됐다. 다른 기자들도 '나는'이라는 주어를 잘 쓰지 않았다. '필자'라고도 했지만, '기자'라고도 했다. 때로는 '기자'를 지나치게 반복했다.

"기자는 멀리 연기가 피어오르는 현장을 찾았다."
"기자가 그를 만난 곳은 아수라장 그 자체였다. 기자는 말을 잃고 말았다."

나는 한 기자에게 '기자'는 삼인칭이라 적절해 보이지 않는다는 의견을 줬다. 그는 수긍을 했지만, '기자'가 '나'로 바뀌지는 않았다. '기자'가 이미 그의 문투가 돼서 바꾸기가 쉽지 않았다고 생각한다.

내가 생각한 것, 내가 경험한 것, 내가 알아낸 것은 그냥 '나는'이라고 쓰면 된다. '필자'라고 쓰는 것보다 훨씬 더 진정성이 느껴지고 의도가 정확히 전달된다.

가끔 '기자'나 '필자' 대신 '나'라고 쓰는 기자들도 만난다. 그들에게 물었다.

"주어를 '나'라고 써서 반가웠다. 많지 않은 일인데, 왜 '나'라고 써?"

그들은 '나'라고 써야 당당한 태도를 보이는 것이라고 했다. '필자'나 '기자'라고 하면 자신을 가리는 것이라고도 했다.

한쪽에서는 말한다. '필자'는 객관적이면서 가치중립적이라고. '필자'는 글의 객관성을 유지하기 위한 방편이라고도 한다. 그렇지만 '필자'는 글을 쓰고 있는 사람이 아니라 또 다른 사람처럼 보이게도 만든다. '나는'이라고 쓴다고 글의 객관성이 깨지는 건 아니다. 더 진실해진다.

★★★★★

그녀라는 말 대신
이름을 불러 보면
어떨까?

다른 나라 얘기 하나해 보겠다. 프랑스 사람의 프랑스어 보호는 별난 데가 있다. 1994년에는 '투봉법(Toubon Law)'까지 만들어 광고와 상표에서 프랑스어 사용을 의무화했다. 이를 어기면 벌금을 문다. 프랑스어에 대한 자부심 또한 넘쳐 나는 것으로 알려져 있다. 이런 사회 분위기를 만든 데는 '아카데미 프랑세즈'라는 기관의 공이 크다. 1635년 설립된 이 국가 기관은 오랜 전통만큼이나 권위를 자랑한다.

프랑스어의 명사에는 남성형과 여성형이 있는데, 코로

나19가 발생하자 이 아카데미 프랑세즈가 코로나19를 가리키는 '코비드19(COVID19)'를 여성 명사로 규정했다. 프랑스어로 '질병'을 뜻하는 '말라디(maladie)'가 여성 명사라는 게 근거였다.

그러나 언론 등 프랑스 사회에서는 코비드19를 이미 남성 명사로 사용하고 있었다. 프랑스어로 병원균을 뜻하는 '비루스(virus)'가 남성 명사기 때문이었다. 곧바로 비판적인 목소리가 나왔다. 남성 명사로 사용하고 있는데, 굳이 반대로 뒤집은 데는 성차별적 인식이 깔려 있다는 주장이었다.

우리가 흔하게 접하는 말 가운데 '그녀'도 성차별적이라는 비판을 받는다. 일상의 대화에서도 '그녀'라고 말하는 건 여전히 거부감을 불러오기도 한다.

'그녀'에 대한 논란은 일찍부터 있었다. 성차별에 관한 것은 아니고 삼인칭 대명사로서 '그녀'가 적절하냐는 문제 제기였다. 1965년 3월 《현대문학》은 국어학자와 작가들에게 '그녀'를 어떻게 생각하는지 물었다. '그녀'가 널리 퍼

말실수가 두려운 사람을 위한 우리말 사용법

져 있었지만, 거부감도 꽤 있던 시절이었다. 작가들은 작품에서 여성을 가리킬 때 '그녀'를 가장 많이 쓴다고 답했다. '그녀' 외에 '그'와 '그여', '그 여자', '그미', '그네', '그니' 같은 표현을 쓴다고도 했다.

'그녀'라는 말을 쓰면 안 된다는 입장에서는 '그녀'가 일본 말 '가노조(彼女)'를 흉내 냈다고 했다. 또 '그녀는'을 말로 할 때 '그년은'과 발음이 같아 욕설로 들릴 수 있다며 거부감을 드러냈다. 한 소설가는 여성들이 불쾌하게 생각한다며 남녀의 구별은 문맥에서 저절로 드러난다고 밝혔다.

반면 찬성하는 쪽은 '그녀'가 귀에 거슬리지 않고 자연스럽다는 입장이다. 그러니 '그녀'라는 표현을 받아들여도 된다고 주장했다.

이후 '그녀'에 대한 문제 제기는 꾸준히 있었음에도 '그녀'는 국어사전에도 당당히 올라 있다. 언론과 출판에서도 많이 사용하면서 더욱 넓게 쓰이고 있다. 하지만 우리의 일상에 완전히 녹아들었다고 보기는 어렵다.

일상의 대화에서 특정 여성을 가리킬 때 '그녀'라고 말하는 사람은 거의 없다. 대상이 친구라면 이름을 가져와

'수진이'라고 하고, 가족이라면 '엄마'나 '아빠'라고 한다. 직장 동료라면 직함을 가져오기도 한다. '그녀'는 글에서만 주로 쓰인다. 하지만 글에서도 모든 여성을 가리키지는 못한다. 어린이, 어머니, 할머니를 가리켜 '그녀'라고 하지는 않으니 말이다.

여기에다 '그녀'는 성차별적이라는 지적을 받는다. 특정한 '사람'을 가리키면서 굳이 '여성'임을 드러낸다는 것이다. 예를 들어 여성이고 글을 쓰는 작가인 '이지은' 씨가 있다고 치자.

"이지은 작가가 새로운 소설을 내놨다. 그녀는 이 작품을 쓰면서 사람들의 일상어에 관심을 가졌다."

이 문장처럼 '이지은 씨' 대신 '그녀'라고 하면 굳이 '여성'임을 밝히는 게 된다. 민감한 독자는 눈을 흘길 수도 있다. 글이 아니라 일상의 대화로 바꾸면 다음과 같을 것이다.

"이지은 작가가 새로 소설을 냈다더라? 이지은 작가가

말실수가 두려운 사람을 위한 우리말 사용법

딸   엄마   할머니

성별 구분이 필요하지 않은 경우 굳이 성별을 구분하는 말은 쓰지 않
는 것이 좋다.

일상어에 관심이 많았다고 하더라고."

'그녀'가 아니라 자연스럽게 이름을 말하게 된다. 이처럼 대화에서 '그녀'는 어색해서 쓰지 않는다. 글에서 주로 보이는 '그녀'는 색달라 보이지만 차별적으로 비칠 수 있기 때문에 되도록 사용하지 않는 것이 좋다.

★★★★★

미망인에서 배우자로,
언어는 시대와 사회에
맞춰 변화한다

춘추 시대 초나라 문왕의 부인은 뛰어난 미인이었다. 얼굴이 복숭아꽃을 닮았다고 해서 도화 부인이라고도 불렸다. 주나라 왕실의 세력이 약해지고 지방 곳곳에 100개가 넘는 나라가 난립했다. 나라마다 패권을 다퉜다. 전쟁이 일상이고, 일상이 전쟁이던 시기였다. 어느 날 전쟁에서 이기고 돌아오던 문왕이 죽었다.

문왕의 죽음 이후 어린 아들이 왕위에 오르자 문왕의 동생 자원이 나쁜 마음을 품었다. 최고위직 영윤이 된 그는 안정돼 있지 않은 나라의 왕위를 노렸다. 그뿐만 아니라 형수인 도화 부인을 아내로 삼고 싶어 했다. 자원의 행동은 무례했고 태도는 거만했다. 그는 도화 부인의 마음을 얻으려고 궁 옆에 큰 건물을 지었다. 그리고 그곳에서 '만(萬)'이라는 춤 공연을 벌였다.

그러자 도화 부인이 울며 말했다.

"선왕(문왕)은 이 춤을 군대를 훈련하는 데 사용했습니다. 지금 영윤은 원수를 칠 생각은 하지 않고, '미망인(未亡人)' 옆에서 춤을 추는 데 사용하고 있습니다."

중국 노나라 때 좌구명이 쓴 책 《춘추좌씨전》에 전하는 내용이다. 주위에서 흔히 보이는 '미망인'이란 단어는 이 책에서 처음 쓰였다. 여기서 미망인은 도화 부인 자신이다. 도화 부인은 자기 자신을 가리켜 미망인이라고 했다. 의미는 '아직 따라 죽지 못한 사람'이다. 섬뜩하리만큼 자신을 낮췄다. 왜 그랬을까?

미망인은 순장을 하던 시대의 의식이 반영된 표현이다. 순장은 고대 지배층에 속하는 사람이 죽었을 때 치르는

말실수가 두려운 사람을 위한 우리말 사용법

장례 형태로, 죽은 사람과 산 사람을 함께 묻는다. 당시에는 순장으로 첩이나 신하, 종들이 같이 죽어 갔다.

지금은 남편이 죽은 여성이 자신을 미망인이라고 하지 않는다. 남들이 미망인이라고 부른다. 자신에게 붙이는 일인칭이 아니라 삼인칭으로 사용한다. 그러면서 의미도 달라졌다. 일상의 한쪽에서는 품위 있고 격식 있게 대접하는 말로 사용한다. 시간이 흐르고 공간이 달라지면서 말도 변한 것이다.

그렇지만 문화와 의식이 또 바뀌었다. 미망인이 지녔던 본래 의미를 새삼 발견하고 놀란다. 성차별적인 말이라는 지적이 곳곳에서 나온다.

"○○○ 씨의 미망인."
"미망인 ○○○ 씨."

이런 표현들은 여성을 남성에게 딸린 존재로 만들거나 여성에게 '미망인'이란 굴레를 씌운다. 같은 상황에서 남

춘추 시대
미망인

현대
배우자

'미망인'의 본래 뜻은 "아직 따라 죽지 못한 사람"이다. 타인을 이렇게
부르는 건 실례다. 성차별적이기도 하니 주의할 필요가 있다.

성에게는 '미망인'에 상대되는 말이 없다. 아내가 죽었을 때 남편의 이름 앞에는 미망인처럼 특별한 수식어가 붙지 않는다. 차별적이다. 국립국어원이 펴낸 《표준국어대사전》도 이제 '미망인'을 이렇게 풀이해 놓았다.

"남편을 여읜 여자."

그리고 참고 정보도 덧붙였다.

"아직 따라 죽지 못한 사람이라는 뜻으로, 다른 사람이 당사자를 미망인이라고 부르는 것은 실례가 된다."

언어는 변한다. 시대와 사회를 반영한다. '미망인' 또한 그렇게 변화의 과정을 거쳤다. 여성이 자신을 낮추는 언어에서 격식 있게 대접하는 언어로 변했다가 성차별적인 언어가 됐다. 상황에 맞게 다른 표현을 사용하는 게 적절하지 않을까? 이제는 '미망인'이란 표현을 쓰지 않아도 된다. 필요하면 '부인'이나 '배우자'도 괜찮겠다.

나는
책임지지 않겠다는 말,
~할 예정이다

미술 전시 관련 일을 하는 후배에게 티켓 할인 계획이 있는지 물었다. 후배는 문자로 이렇게 답했다.

"8월 20~22일 할인할 예정입니다."

'할인한다'고 하지 않고 '할인할 예정'이라고 했다. '확실하지 않다는 얘기인가' 하는 생각이 들었다. '예정'이 나를 조금 찜찜하게 했다.

20일에 티켓을 사려고 사이트에 들어갔다. 티켓은 여전히 제값을 내야 했다. 다시 문자를 보냈다.

"할인 아직이네?"
"하루 연기돼서 21일부터 23일까지입니다."

이번에는 '예정'이라고 하지 않았다. 확정적이라는 느낌이 왔는데, 정말 그랬다. 후배는 할인 행사 일정이 바뀔 가능성이 꽤 있다는 걸 알고 있었다. 그래서 '예정'이라고 했던 거다. 그렇지 않았다면 그는 평소처럼 '할인합니다'라고 했을 것이다. 그는 문장에 '예정'이라는 '안전장치'를 해 뒀고, 그 안전장치는 제대로 효과를 발휘했다. 일정이 바뀌었어도 상대에게 미안한 마음을 덜어도 됐다.

글을 읽다 보면 '예정'이 무수히 나온다. 지나치다 싶을 정도로 많다. 후배처럼 '예정'이라고 표현할 수밖에 없는 상황이 아닌데도 '예정'이라고 한다. 곳곳에서 불확실성이 커져서일까? 전달하는 정보에 대해 책임을 회피하려는 의도로 '예정'을 쓰기도 한다. 이럴 때 '예정'은 심하게 말하면 '아니면 말고'식 표현이다. 확정된 사실을 전할 때도 '예정'이라고 한다. 이럼 '예정'은 전하려는 내용을 오해하게 할 수도 있다.

"전시회는 다음 달 1일부터 20일까지 예술 회관에서 열릴 예정이다."

'열릴 예정이다' 대신 '열린다'고 해도 된다. 아직 확정되지 않았더라도 말이다. '열린다'고 말해도 예정된 것이라는 뜻이 들어 있다. 그리고 전시회라면 오래전부터 준비하는 것이기 때문에 일정이 변경될 일도 드물다. 더욱이 외부에 알릴 정도이니 확정된 것이라고 봐도 된다. '열린다'가 문장도 더 간결하다. 그럼에도 '열릴 예정이다'라고 한 건 잘못된 모방에서 온 습관이다. '열릴 예정이다'라고 하면 반드시는 아니라는 얘기가 된다. 그렇지 않은데도 열릴 수도, 열리지 않을 수도 있다는 것을 강조하게 된다.

"낭독에는 유명 화가의 작품이 곁들여져 볼거리도 더할

예정이다."

　무조건 '예정'을 쓰려고 작정한 것처럼 보인다. 그렇다 보니 앞쪽과의 연결도 매끄럽지 않다. "낭독에는 유명 화가의 작품이 곁들여지는 등 볼거리도 더해진다"라고 해야 자연스러워진다. '더할 예정이다'라고 하면 '더하다'는 흐려지고 '예정이다'만 두드러진다.

　"김 대표는 50주년 기념행사에 참석해 기념사를 할 예정이다."

　'기념사를 한다'고 해도 되지만, '기념사를 할 예정이다'라고 했다. '예정'을 굳이 강조한 문장이 됐다. 습관처럼 가져온 '예정'이 군더더기가 됐다. 다음 같은 문장은 일상의 표현들과도 거리가 멀다.

　"내일은 비가 내릴 예정이다."
　"다음 주는 추울 예정이다."

오늘
비가 내릴 예정입니다

오늘은
비가 내리겠습니다

'~할 예정이다'는 문장의 본질을 흐리고, 혹시 모를 안 좋은 결과에 대
비해 한 발 빼는 느낌을 준다. 안전장치는 좋지만 그것이 자신만을 위
한 안전장치는 아닐지 다시 생각해 보자.

이 문장들의 주어는 사물이거나 날짜다. 그런데도 사물이 사람처럼 의지를 가진 것처럼 썼다. 일상의 말들과 견주면 어색할 수 있다. '예정'을 두드러지게 표현하려다 보니 나온 결과다. 그렇지 않다면 '예정이다'라고 해서 덜 간결한 문장을 만들어 낼 이유가 없다.

"내일은 비가 내린다(내리겠다)."
"다음 주는 춥다."

문장의 구성 차원에서 볼 때도 '~할 예정이다'는 불편함을 준다. '내일은 ~ 예정이다'는 따져 보면 '내일=예정'이된다. 의미는 그렇지 않지만 형식은 이렇게 보인다.

자신감이 없고
신뢰를 떨어뜨리는 말,
같아요

점심시간에 방문한 중국집 짬뽕 맛이 일품이다. 나도 그도 "맛있다"를 연발한다.

"정말 맛있다. 그치?"
"어. 너무 맛있는 것 같아."

그는 어색하지 않게 "맛있는 것 같아"라고 말한다. 나는 그의 말을 그리 어색하지 않게 듣는다. "좋은 것 같다"도 같이 듣는다. 그가 나와 같이 맛있는 걸 느끼는 것에 대한

동질감을 발견하고 속으로 또 다른 기쁨도 즐기고 있었는지 모른다. 그가 나와 달리 맛있는 걸 맛있다고 하지 않고 '것 같다'고 했어도 타박할 마음이 전혀 생기지 않았다. 큰 틀에서는 나와 같은 생각을 갖고 즐거움을 함께해 주고 있었으니 말이다.

이때부터였을까? 아니면 환경에 무뎌져서였을까? 나는 '것 같다'를 불필요한 말이라고 생각해서 거의 안 쓴다. 하지만 다른 사람의 글을 다듬는 일을 하는 것에 비해 누가 '것 같다'를 써도 큰 거부감을 갖지는 않았다.

20여 년 전쯤 한 독자가 신문에 기고한 글을 읽은 적이 있다. 그 독자는 사람들이 '같다'를 시도 때도 없이 마구 쓴다고 지적했다. 연예인도 수상 소감을 말할 때 "너무 기쁜 것 같아요"라고 한다며 자기가 느끼는 감정을 솔직하게 드러내지 않는다고 했다. 잘못을 저지른 어떤 청소년은 "잘못한 것 같아요"라고 한다고 비판했다.

그러면서 '기쁩니다', '잘못했습니다'가 올바른 표현법이라는 가르침까지 적었다. 이어서 '것 같아요'식 화법은 책임을 회피하고 자신감이 없는 것처럼 보이게 한다고 비판했다. 자기의 의사를 정확히 전달해야 한다고도 했다.

최근 들어 '것 같아요'라고 하는 말투는 더 널리 퍼졌다. 불편하다는 목소리도 같이 많아졌다. 자기 생각이고 분명한 상황에서도 '같아요'다. 입에 붙어서 떨어질 줄 모른다는 말도 나온다.

"맛있어?", "맛있는 것 같아요."
"상처 났어?", "그런 것 같아요."
"좋아?", "좋은 것 같아요."

왜 '것 같아요'라고 할까? '것 같아요'는 주로 자기 생각을 밝힐 때 많이 쓴다. 특정한 사실을 그대로 말할 때는 '것 같아요'를 쓰지 않는다. 예를 들어 나이나 사는 곳을 전할 때는 '것 같아요'라고 하지 않는다. 자신이 사는 곳을 가리켜 "여의도 사는 것 같아요"라고 말하는 사람은 없다. 그냥 "여의도 살아요"라고 한다. 이 말은 자기의 생각이 아니라 어떤 사실인 것이다.

무분별한 '같아요' 사용은 말하는 사람을 '자신감이 부족한 사람'이라
고 생각하게끔 만든다. 이런 말 습관을 가진 사람은 자기 확신이 없기
때문에 스스로 신뢰도를 깎아내리는 것과 같다.

자기 생각을 단정적으로 말하면 자칫 불편해질지 모른다는 것을 염려한다. 깊어진 개인주의 사회에서 상대방의 기분을 더 살피게 된다. 위계질서가 강한 우리 사회에서는 더 그럴지 모른다. 나쁘게 표현해 눈치를 더 보는 분위기가 있다. '부탁합니다'에서 '부탁드립니다', '부탁드리겠습니다'라고 더 완곡한 표현들로 옮겨 가는 걸 보면 더 심화되고 있을 수 있다.

"어제는 울적했던 것 같아요."
"정말 즐거웠던 것 같아요."

이럼 자신감이 없어 보인다고 지적한다. 답답하다고 하고, 자기 말에 책임을 지지 않는 말투라고도 말한다. 자기 느낌과 생각을 유체 이탈식으로 말하지 말라고도 한다. 그러니 이제부터 "어제는 울적했어요", "슬펐어요", "정말 즐거웠어요"라고 말하면 좋겠다. 눈이 오는 날 면접을 보는데, "눈이 오는 것 같습니다"라고 하면 어려워질 수도 있겠다. 적절한 '같아요'가 필요하다.

★★★★★

쟁이와 장이는
한 끗 차이지만
뜻은 천지 차이다

어린 시절 냇가에 가면 소금쟁이를 자주 볼 수 있었다. 소금쟁이는 물 위를 날아다니듯 걸어 다닌다. 누구도 흉내 내기 어려운 기술을 가졌다. 소금이란 말이 붙은 이유는 정확하게 알기 어렵지만, '쟁이'가 왜 붙었는지는 쉽게 생각해 볼 수 있다. 물 위를 잘 걸어 다니기 때문이다. 우리는 흔히 뭔가를 잘하는 사람에게 '장이' 또는 '쟁이'를 붙여서 부른다. 그러고 보면 곤충인 '소금쟁이'는 의인화된 이름이다.

지금은 '장이'와 '쟁이'로 나눠서 사용하지만, '쟁이'도 본래 '장이'였다. '장이'는 '장인'이나 '기술자'를 뜻하는 '장인 장(匠)'에 '사람'을 가리키는 말 '이'가 붙어 만들어졌다. 그러니까 '장이'는 뭔가를 잘하는 사람이다. '옹기장이'는 옹기를 잘 굽는 사람이고, '칠장이'는 칠을 잘하는 사람이며, '간판장이'는 간판을 잘 만드는 사람이다.

시간이 지나면서 '장이'의 소리가 변했다. 뒤에 있는 '이'의 영향을 받아 '쟁이'라고 하기 시작했다. '옹기쟁이', '칠쟁이', '간판쟁이'라고 말하는 게 일상이 됐다. '소금쟁이'도 본래는 '소금장이'였다. '개구쟁이', '욕심쟁이', '멋쟁이'도 '개구장이', '욕심장이', '멋장이'라고 하던 때가 있었다.

1988년 표준어 규정을 바꾸면서 지금처럼 '장이'와 '쟁이'를 구분해 적기 시작했다. 모두 [쟁이]로 소리가 나니 '쟁이'로 통일하는 게 나았겠지만, '장이'와 '쟁이'로 나눴다. '장이'는 수공업을 하는 기술자에게 붙이고, '쟁이'는 그렇지 않은 말들에 붙이는 게 표준으로 정해졌다.

점을 치는 사람은 수공업을 하는 기술자가 아니어서 '점쟁이'여야 했다. 갓을 만드는 기술자는 당연히 '갓장이'가

말실수가 두려운 사람을 위한 우리말 사용법

됐는데, 갓을 쓴 사람을 낮춰 가리키는 말은 '갓쟁이'라고 했다. 그렇지만 '장이'도 상대를 홀대하기는 마찬가지다. 어감상 '쟁이'가 더 그래 보이기는 하지만 말이다.

지금 일상에서는 '장이'가 붙은 말보다 '쟁이'가 붙은 말들이 더 많이 보인다. 거의 낮추거나 조롱의 의미가 들어 있다. 이기적이거나 인색하면 '깍쟁이', 잔꾀가 많으면 '꾀쟁이', 순해 보이지만 속으로는 엉큼하면 '내숭쟁이', 머리가 유난히 크면 '대갈쟁이', 떼를 잘 쓰면 '떼쟁이', 몹시 미련하면 '미련쟁이', 욕을 잘하면 '욕쟁이'가 된다. 발을 속되게 표현해 '발목쟁이'라고도 한다. 또 글을 잘 쓰는 사람은 '글쟁이', 그림을 그리는 화가는 '그림쟁이'나 '환쟁이', 마술을 부릴 줄 아는 마술사는 '마술쟁이'라고 한다. 반찬거리를 파는 사람은 '반찬쟁이', 태평소를 부는 사람은 '날라리쟁이'가 된다. 이렇듯 '쟁이'는 상대를 대접하는 말이 아니다. 그래서 허물없이 편한 사이에서는 친근감을 줄 수 있다. 물론 격식을 차려야 하는 상황에서 마구 쓸 일은 아니다.

가구장이   월급쟁이

'장이'는 수작업 달인들을 일컬을 때 쓴다. 반면 '쟁이'는 누군가를 낮
잡아 부르는 표현으로 주의해서 써야 한다.

그런데 자주 쓰는 '쟁이'들에서는 이런 의미를 잊고 쓰는 듯하다. 특히 '월급쟁이'는 때와 장소에 구애받지 않는다. 마치 월급을 받고 사는 사람을 가리키는 평범한 말처럼 쓴다. 자신을 가리킬 때는 괜찮지만, 상대에게까지 '쟁이'라고 하는 건 신중해야 할 때가 많다. 자칫 상대의 기분을 상하게 할 수 있다.

"너 월급쟁이야?"

굳이 이렇게 말할 필요가 있을까? 여러 사람에게 점수 깎인다. 상사와 정중하게 의견을 주고받는 자리에서 "부장님은 월급쟁이입니다"라고 말한다면? 회사에서의 앞날은 편치 않을 것이다.

3장

차마
지적하기 어려운
우리말 맞춤법

★★★★★

곰곰이 생각해도
번번이 틀리는 말,
이와 히

"'깊숙히'가 아니라 '깊숙이'야."

이럼 고개를 갸웃하는 사람들이 은근히 많다.

"[깁쑤키]가 아니라 [깁쑤기]로 소리가 나서…."

이렇게 덧붙여도 동의하지 않는 표정이 많다. 기본형도 '깊숙하다'인 데다 아무래도 [깁쑤키] 같은 거다. [깁쑤기] 로 소리가 난다고 알려 준 나도 평소에 [깁쑤기]라고 분명히 말하는지 의심이 든다. 적을 때는 '깊숙이'라고 적지만. '깊숙이'가 맞춤법에 맞는 표기라는 걸 처음 알았을 때도 한동안 불편했다. 한글 맞춤법을 보면 다음과 같이 쓰여 있다.

"끝음절이 분명히 '이'로만 나는 것은 '-이'로 적고, '히'로만 나거나 '이'나 '히'로 나는 것은 '-히'로 적는다."

분명히 [이]로 소리 나는 것만 '-이'로 적으란다. 그렇다면 분명히 '깊숙이'라는 건데, 갸웃하는 얼굴들이 꽤 있는 걸 보면 그렇지 않다는 뜻이기도 하겠다. 이 규정을 보고 '깊숙이'인지, '깊숙히'인지 제대로 적기는 불가능해 보인다. 분명히 [이]로 소리가 나는 것인지 알기가 어렵다. 주위에도 '깊숙히'로 알고 쓰는 사람이 적지 않다.

평소 어문 규범을 잘 지키고 바른 말글살이에 관심을 기울이며 사는 사람에게 물었다.

"'깁쑤기'라고 발음해? 아니면 '깁쑤키'라고 발음해?"

"깁쑤키."

"'히'로 소리 낸다는 거잖아? 주위에 모두 '히'만 있네. 그런데 왜 '깊숙이'가 표준인 건지 모르겠다. 예전 사람들은 모두 '이'라고 했나?"

많이 쓰다 보니 '깊숙이'는 확실하게 '이'로 생각하는 단어가 됐다. '깊숙히'인지 '깊숙이'인지 구별하는 특별한 방법은 없어 보인다. '널찍이', '나지막이'도 마찬가지다. 그래도 자주 사용하는 단어는 기억해 둘 수밖에 없다. 그렇지 않으면 국어사전에서 매번 확인해야 한다. 솔직히? 솔직이? 이건 예상대로 '솔직히'다. '빼곡이'도 '빼곡히'다.

그래도 '이'와 '히'를 구별하는 방법이 없는 건 아니다. 확실하게 알 수 있는 것들도 있다.

그중에 첫 번째는 'ㅅ' 받침 다음에는 무조건 '이'라는 거다. '깨끗이', '가붓이', '느긋이', '버젓이', '지긋이'…. 이렇게 알아 두면 '이'가 된다는 걸 기억하는 데는 무리가 없어 보인다.

'이'와 '히'가 헷갈린다면 언제 '이'로 써야 하는지만 기억하자. 나머지
는 대부분 '히'다.

① 'ㅅ' 받침 뒤에는 무조건 '이'

② 'ㅂ'이 'ㅜ'로 바뀌는 말도 '이'

③ 겹쳐 있는 말 뒤에서도 '이'

두 번째, '가볍다'는 '가벼워', '가벼운'으로 쓰인다. 'ㅂ'이 'ㅜ'로 바뀐다. 이런 말들에도 '이'가 붙는다. '가벼이', '새로이', '외로이', '너그러이'가 된다.

세 번째, '틈틈' 뒤에는 뭐가 붙어야 할까? 규정은 '이'나 '히'로 소리 나면 '히'로 적는 것이다. '틈틈' 뒤에서는 '이'로 소리 나는 것 같기도, '히'로 소리 나는 것 같기도 하다. 규정에 따르면 '틈틈히'가 돼야 할 듯하다. 하지만 '틈틈이'다. '이'로만 소리 난다고 본 거다. 이런 말들에는 '간간이', '겹겹이', '길길이', '낱낱이', '샅샅이', '줄줄이' 같은 것들도 있다. 이 단어들은 말이 겹쳐 있다. '간'과 '간'이, '길'과 '길'이, '줄'과 '줄'이. 이럴 때는 '이'라고 보면 된다. 겹쳐 있는 말 뒤에서는 '이'라는 것 하나만 기억해도 큰 수확이겠다. '틈틈이'가 '틈틈이'인 이유? '틈'이 겹쳐 있기 때문이다.

한번은 친구가 문자를 보냈다.

"자기 계발 '틈틈히'야, '틈틈이'야?"
"틈틈이가 맞아. 틈틈, 같은 말이 겹쳐 있잖아? 그럼 '이'

야. 쉽지?"

예외로, '꼼꼼이'일 것 같지만, '꼼꼼히'다. '꼼꼼히'가 표준어다. '곰곰이'는 '곰곰이'인데, '꼼꼼히'다. 어쩔까? 일상에선 왔다 갔다 해도 눈총받을 거 같진 않다. 하지만 공문서나 책을 만드는 데 쓸 거라면 국어사전에서 다시 '꼼꼼히'를 찾아봐야 하겠다.

우리말에
뵈요는 없고
뵈어요와 봬요만 있다

친구 몇 명이 고등학교 시절 선생님을 만나러 가기로 했다. 거의 10년 만에 선생님을 보게 되는 것이다.

"선생님 뵙는 게 이렇게 어려웠다니."
"선생님 뵈면 뭐 먹지?"
"음, 선생님 뵐 때는 탕수육이야."

친구들은 선생님을 '본다'고 하지 않고 '뵌다'고 했다. '보다'보다 겸손을 더하는 말들이다. '뵈다'는 '보이다'가 줄어든 말인데, 줄어들면서 특이하게 사회적인 의미도 생겨났다. 겸손함을 나타내는 뜻도 갖게 됐다. "눈에 뵈는 게 없다"라는 말에는 이런 뜻이 없지만, "많이 뵌 분인데"라는 말에는 상대를 존대하는 뜻이 들어 있다. 그리고 '뵙다'는 '뵈다'보다 더 겸손한 태도를 나타낸다. '보다-뵈다-뵙다' 순으로 상대를 겸손하게 대하는 거다.

그런데 '뵈다'와 '뵙다'를 활용할 때는 그렇지 않다. '뵈다'와 '뵙다'를 활용하는 걸 조금 어려워하는 이들이 꽤 있다. '봬다'와 '뵙다'를 염두에 둔 듯 "봬면 좋겠습니다", "뵙겠습니다"라고 쓰는 사람들도 보인다. 하지만 '봬다'와 '뵙다'는 없다고 생각하는 게 좋겠다.

그럼 '봬요'도 잘못된 것일까? 그렇지 않다. 문자를 보낼 때 때때로 "내일 뵈어요"라고 할 때가 있다. 이때 '뵈어요'를 줄이면 '봬요'가 된다. '뵈어'가 줄어서 '봬'가 된 거다. '요'는 단순히 존대를 나타내는 말이니 "내일 봬"처럼 '봬'로 끝내도 말이 된다. 하지만 이럼 온전하게 높이지 않은 말처럼 보인다. 친밀한 사이에서만 가능하다.

말실수가 두려운 사람을 위한 우리말 사용법

"내일 뵈요"라고 하는 사람들도 있는데, '뵈요'는 맞춤법에 어긋난다. 이건 "내일 해요"를 "내일 하요"라고 하는 것과 같다. '해'가 '하여'를 줄인 것이니. '내일 봬(뵈어)', '내일 해(하여)'는 말을 마친 형태여서 자연스럽지만, '내일 뵈', '내일 하'는 말을 하다 만 꼴이다.

이처럼 '뵈다'는 어미 '어'가 붙어 '뵈어'가 되기도 하고, 이것이 줄어 '봬'가 되기도 한다. 이것만 잘 기억하면 혼동할 일이 없다. '고'가 오거나 '면'이 올 때도 그대로 쓰면 된다.

"선생님을 뵈고 늦게 돌아왔다."
"선생님을 자주 뵈면 좋겠다."

신문 기사에는 '선봬'로 끝나는 제목들도 제법 나온다.

"봄 신상품 선봬."
"신차 서비스 선봬."

새로운 것들을 소개할 때 '선봬'를 자주 쓴다. '선봬'의 형

'내일 뵈요'인지 '내일 봬요'인지 헷갈린다면 차라리 줄여 쓰지 말고 '뵈어요'라고 쓰는 것은 어떨까?

태가 약간 낯설어 보여서 그런지 고개를 갸웃하는 사람들도 있다. 그래서 "상품 선뵈", "가공품 선뵈"처럼 '선뵈'가 맞다고 여기는 제목들도 적지 않다. 그러나 '내일 뵈'가 안 되듯 '선뵈'도 안 되는 표기다. '선봬'는 '선뵈어'를 줄인 말이다. '선뵈어'는 '선보이어'를 줄였다. 따라서 '선보이어'는 '선보여'로 줄일 수도 있다.

"어제 선생님을 뵀다"는 맞을까? 아니다. '뵈다'의 과거 형태는 '뵈었다'다. '뵈어'가 '봬'가 되듯 '뵈었'도 '뵀'이 된다. "어제 선생님을 뵀다"가 맞춤법에 맞는 표기다.
'도'가 붙어도 마찬가지다.

"그렇게 돼도 상관없다."
"선생님은 언제 봬도 유쾌하시다."

'돼도'가 '되어도'의 준말이듯 '봬도'는 '뵈어도'의 준말이다. '뵈'와 '봬'가 헷갈린다면 '어'를 붙여야 하는 말이었는지 알아보는 게 중요하다.

★★★★★

되와 돼,
생각보다
쉽게 구분할 수 있다

"꿈 프로젝트가 성사되야 하는 이유."

많은 사람이 보는 보고서 제목이다. 이렇게 제목을 달면 프로젝트는 시작도 하기 전에 김이 빠질 수 있다. 간결한 문장이지만 틀린 표기를 보는 사람들 눈살이 찌푸려진다. 단톡방에서도 '돼야'를 '되야'라고 쓰면 별로인데, 반듯해야 할 공간에서 저렇게 쓰면 실수 이상의 비난을 받을지도 모른다.

'돼야'라고 해야 하는데, '되야'라고 적는 예가 은근히 많다. 그런데도 여전히 '되야'들이 수없이 나온다. 보고서는 물론 뉴스나 방송 자막에서도 어렵지 않게 볼 수 있다.

"올해 마무리되야 한다."
"최고가 되야 한다."
"체력이 되야 일을 열심히 할 수 있다."

'되야'와 '돼야'는 다르지만, 비슷하게 들린다. 발음도 차이가 없어 보인다. 그렇다 보니 '되야'로 잘못 적는 일이 적지 않다. 기본형을 '되다'가 아니라 '돼다'로 알고 적는 예도 있다. "중년이 돼다", "편한 세상이 돼다"라고 적는다. 기본형은 '되다'다. '돼다'는 없다고 생각하는 게 좋겠다. '지다'에 '어야'가 붙어 '지어야'가 되듯 '되다'도 '어야'가 붙어 '되어야'가 된다. '지어야'는 줄어 다시 '져야'가 되고, '되어야'는 줄어 '돼야'가 된다.

'되'에 바로 '요'를 붙인 "이게 말이 되요" 같은 표현도 보인다. 이럼 '지다'를 "오늘은 지요"라고 활용하는 것과 같다. 이때는 누구든 반드시 '어'를 붙여 "오늘은 져(지어)요" 라고 한다. '되요'도 '되어요'라고 하는 게 상식이다. 줄여서 '돼요'라고 한다. 반말로 하면 '돼'다.

"이게 말이 돼?"
"안 돼."

여기서도 '안 되'라고 하면 안 된다.

반면 명령형으로 표현할 때는 '되'일 때도 '돼'일 때도 있다. 천천히 살펴보면 어렵지 않게 구별할 수 있다. 명령하는 말일 때는 '되다'에 '라'나 '어라'가 붙는다. '라'가 붙을 때는 당연히 '되라'가 되고, '어라'가 붙을 때는 '되어라'가 된다. '되어라'에서 '되어'는 '돼'로 다시 줄어 '돼라'로도 쓴다.
'되라'도 있고, '돼라'도 있다. 그럼 둘은 무슨 차이가 있을까?
'되라'는 글에서 주로 쓰인다. 문어체다. 다음과 같은 문장을 들 수 있다.

"진실한 사람이 되라."

"자신을 돌아보는 사람이 되라."

　그러나 말할 때 이렇게 '사람이 되라'라고 하는 사람은
못 봤다. 말할 때는 '되어라'라고 한다. 실제는 줄인 말 '돼
라'라고 한다.

"진실한 사람이 돼라."

"자신을 돌아보는 사람이 돼라."

　번거로울 수도 있지만 '되'와 '돼'의 구별이 쉽지 않다면
'하다'의 '하'와 '하여'를 줄인 '해'를 '되'와 '돼' 대신 넣어 보
는 방법이 있다. '하다'는 '되다'처럼 '되'인지 '돼'인지 헷갈
리지 않는다. '선정해야 하는 이유'를 '선정하야 하는 이유'
라고 적는 사람은 없다. '하'를 넣어서 말이 되면 '되', '해'를
넣어서 말이 되면 '돼'를 적으면 된다.

"이거 되죠?"

'되', '돼'가 헷갈릴 때는 각각 '하', '해'를 넣어 보면 쉽게 구분할 수
있다!

이 문장에서 '되죠'의 '되'는 '하'로 바꿔도 말이 된다. '되'가 맞는 걸 확인할 수 있다. '해'를 넣으면 이상해진다.

　"이건 안 돼."

　여기선 '돼' 대신 '해'를 넣어도 된다. '돼'라고 해야 맞는다. '하'를 넣은 '안 하'는 말이 안 된다.

★★★★★

몇 년, 몇 달 다음에는
몇 일이 맞을까,
며칠이 맞을까?

―――――――――――――――――――――――――――――――

"'몇일'로 적으면 안 된다고? 그럼 띄어서 '몇 일'로 적으란 거야?"

"아니. 그게 아니야. 소리 나는 대로 그냥 '며칠'로 써. 평소 어떻게 말해? 며딜?"

"아니. 며칠."

"그렇지? 그러니까 그대로 쓰면 돼."

"오늘이 몇 번째 날이냐는 뜻으로 쓸 때도 '며칠'이야? 이때는 '몇 일'이라고 써야 하는 거 아냐?"

"아니야. 몇 번째 날이란 뜻일 때도 '며칠'이고, 얼마 동안을 가리킬 때도 다 '며칠'이야."

'며칠'은 '몇 일'이라고 적는 게 맞다는 생각하는 사람들이 좀 있다. "오늘이 며칠이야?"라는 문장에서는 발음은 [며칠]이라고 하더라도 "몇 일이야"라고 적고 싶어진다고 한다. 그렇지만 현재 맞춤법에 따르면 '며칠'로 적어야 한다. '며칠'은 있고, '몇 일'은 어떤 상황에서도 없다고 기억해 두는 게 편하다.

'며칠'은 "오늘 며칠이야?"에서는 '그달의 몇째 되는 날'을, "며칠 동안 비가 내렸다"에서는 '몇 날', '얼마 동안의 날'을 뜻한다. '며칠'을 잘 이해하기 위해선 '이틀, 사흘, 나흘' 같은 말들을 염두에 두는 것도 좋을 듯하다. 이 말들은 '며칠'과 관계가 있다. 우선 이 말들도 '며칠'처럼 '날의 차례'와 '동안'을 뜻을 갖고 있다. 또 '이틀, 사흘, 나흘'은 끝모음이 '으'로 같은데, '며칠'도 이전 시대에는 '며츨'이었다. 똑같이 '시간'을 가리키며 '을'로 끝나는 말들이었다. '이틀, 사흘, 나흘'이 '이+을, 사+을, 나+을'에서 비롯된

게 아니듯 '며칠'도 '몇+일'에서 나온 게 아니란 뜻이다.

한글 맞춤법에는 이런 내용이 있다.

"어원이 분명하지 아니한 것은 원형을 밝히어 적지 아니한다."

'며칠'은 어원이 분명하지 않다고 본 것이다. '몇'과 무엇이 합쳐진 말인지 분명하지 않다고 봤다. 그래서 소리 나는 대로 적은 '며칠'이 됐다.

따라서 "기한은 며칠 뒤로 할까요?", "며칠 만에 만났어요"라고 적어야 한나. '몇 년, 몇 월, 몇 일'은 '몇 년, 몇 월, 며칠'이다. '며칠'이 '몇+일'이 아니란 건 다음의 예에서도 확인할 수 있다.

"몇몇을[면며츨] 위한 자리였어."
"친구 몇이[며치] 더 모였지."

이 문장들에서는 '몇' 다음에 '을', '이' 등 모음으로 시작

'몇 일'은 없는 말이다. '몇 년', '몇 달'과 '며칠'은 전혀 다르니 헷갈리지 말 것!

하는 조사가 왔다. 조사는 단순히 문법적인 기능만 한다. 이때는 'ㅊ' 소리가 그대로 이어져 '몇몇을'은 [면며츨], '몇이'는 [며치]로 소리가 난다. "몇은[며츤] 더 필요해"에서도, "너희 몇의[며츼] 문제가 아니야" 같은 문장에서도 'ㅊ'이 소리 난다. 그렇지만 다음에서는 사정이 달라진다.

"은행 몇 알[며달]을 집었다."
"행사는 몇 월[며둴]에 해?"
"인도 인구는 몇 억[며덕]이야?"
"몇 해[며태] 동안 고생 좀 했지."

이 문장들에서는 '몇' 다음에 실제 뜻을 가진 단어 '알', '월'이 왔다. 이때는 'ㅊ'이 대표음인 'ㄷ'으로 소리가 난다. '몇 알'은 [며달], '몇 월'은 [며둴]이라고 말한다. [며찰]이라거나 [며춸]이라고 말하는 사람은 보지 못했다.

즉 '을'이나 '이' 같은 조사가 아니라 실제 뜻을 가진 단어가 '몇' 뒤에 올 때는 'ㅊ'이 'ㄷ'이 된다. '며칠'이 '몇'과 실제 뜻을 가진 '일'과 합쳐진 말이 아니라는 증거가 된다.

★★★★★

삶은 문장의
앞에 오든 뒤에 오든
모두 삶이다

"삶이 그대를 속일지라도

슬퍼하거나 노여워하지 말라.

슬픔의 날 참고 견디면

기쁨의 날이 오리니.

마음은 미래에 살고

현재는 늘 슬픈 것.

모든 것은 순간에 지나가고

지나간 것은 다시 그리워지리니."

알렉산드르 푸시킨의 〈삶이 그대를 속일지라도〉라는 시다. 사는 건 힘들고 슬픈 일이기도 하다. 특히 어딘가에 첫발을 내디디고 새롭게 시작할 때는 더 그렇게 느껴진다. 이럴 땐 누군가의 위로가 필요하다. 우리는 때로 한 편의 시에서 이런 위로를 받고 삶을 달래기도 한다. 러시아의 시인 푸시킨도 '삶'에 대해 위안을 주는 시들을 썼다. 초입의 시 〈삶이 그대를 속일지라도〉도 그 가운데 하나다. 2013년 11월 13일 사람들이 많이 오가는 서울 을지로 네거리에 푸시킨의 동상이 세워졌다. 동상 아래 저 시가 새겨져 있다.

일상에서 '삶'은 그리 흔하게 오가는 말이 아니다. 마음속에 오래 머무는 말이다. 푸시킨처럼 가슴속에 삶을 깊게 새겨 놓고 있다가 시 같은 글들에서 툭 하고 나타난다. 그래서 누군가 가볍게 내뱉더라도 삶이란 말은 결코 가볍게 들리지 않는다.

그런데 누군가 삶을 되뇌다 더 정확하게 적고 싶었나 보다. 인터넷에 이런 질문도 보인다.

"'왜 이렇게 삶?'이 맞는 건가요, '왜 이렇게 삼?'이 맞는 건가요?"

'삶'이 맞는다. 이때도 삶은 '삶'이다. '삶'이 [삼]으로 소리 난다고 혹 '삼'이 아닌가 하기도 하고, '살음'이 아닌가 의심 하기도 한다. '삶'이 조심스럽고 의심스럽듯 표기에도 실 수가 없는지 더 마음을 쓰는 모양이다.

명사형을 만들 때는, 'ㅁ, 음, 기'를 붙인다. 이 가운데 '기'를 붙여 명사형을 만들 때는 헷갈릴 일이 없다. '말하 기, 읽기, 글쓰기, 먹기'처럼 '기'만 붙이면 된다. 그렇지만 'ㅁ'과 '음'을 붙일 때는 조금 혼란을 겪는다.

먼저 '살다'처럼 'ㄹ' 받침인 말들에는 'ㅁ'을 붙인다. '멀 다'도 '살다'와 마찬가지로 '멂'이라고 적으면 된다. [멈]으 로 소리 난다고 "거기는 너무 멈"이라고 적으면 안 된다. "거기는 너무 멂"이라야 한다. '멂'을 발음할 때는 'ㄹ'을 탈 락시키지만, 적을 때는 살려야 한다. '살음'이 아니라고 했 듯이 '멀음'이라고 적어도 곤란하다.

'ㄹ' 받침인 말에는 'ㅁ'만 온다는 사실을 다시 기억하자.

'만들다, 알다, 베풀다, 힘들다'도 다음처럼 된다.

"그가 직장 분위기를 새롭게 만듦."
"부끄러움을 앎."
"그가 어제저녁 만찬회를 베풂."
"오랜만에 걸었더니 힘듦."

그리고 모음 뒤에도 'ㄹ'처럼 'ㅁ'을 붙인다. '나는 너와 다르다'를 명사형 문장으로 바꾸면 '나는 너와 다름'이 된다. '다르다'의 '르'가 'ㅡ' 모음이니 'ㅁ'이 붙는다. '바라보다, 하다, 꾸다'도 다음처럼 된다.

"꽃을 오랫동안 바라봄."
"그 일을 하도록 함."
"기분 좋은 꿈을 꿈."

마지막으로 'ㄹ'을 제외한 받침 뒤에는 '음'을 붙인다. '답안지에 답을 적다'를 명사형으로 만들면 '답안지에 답을

'삶'인지 '삼'인지, '만듦'인지 '만듬'인지 헷갈린다면 'ㄹ'을 기억하자.
'살다', '만들다'처럼 'ㄹ' 받침이 있는 단어는 'ㅁ'을 붙여 명사형을 만든다.

적음'이 되고, '나는 네가 좋다'는 '나는 네가 좋음'이 된다.
'먹다, 좁다, 참다'에도 '음'을 붙이면 된다.

"아침밥을 먹음."
"방이 좁음."
"긴 시간을 참음."

또 '있다'는 '있음', '없다'는 '없음'이다. '있습니다'와 '없습
니다'에 이끌려 '있슴', '없슴'이라고 적으면 안 된다. '만들
었음, 알았음, 베풀었음, 힘들었음'도 'ㅆ' 뒤이니 모두 '음'
이 왔다. 이 말들도 '만들었슴, 알았슴, 베풀었슴, 힘들었
슴'이 아니다.

★★★★★

'사귀어 볼래'가 아니라
'사겨 볼래'라고 하면
안 되는 걸까?

유머가 오가는 어느 게시판. 한 사람이 오늘부터 1일이라며 문자 내용을 게시했다.

1일 차를 시작하기 직전 상대에게 날린 문자.

"저랑 사귀 주실래요?"

댓글이 마구 달린다. '이때가 가장 좋다', '부럽다', '설렌다' 등 여기까지는 잘되기를 바라는 마음이다. 하지만 바로 연애와 무관한 댓글이 이어진다. 아니다. 어쩌면 아주 중요한 것일 수 있다. 맞춤법을 심하게 틀려 차인 사람들 종종 있기 때문이다.

'사귀 주실래요래' 같은 조롱 담은 댓글도 붙는다. 맞춤법을 틀리는 사람은 홀랑 깬다고까지 한다. 맞춤법이 틀린 문장을 들려주면 스트레스 징후가 관찰된다는 영국 대학의 연구 결과가 있는데 정말 맞나 보다.

여튼 '사귀 주실래요래'에 반박하는 댓글이 또 달린다.

"사귀어의 줄임말이잖아요."

그런가? '사귀'가 '사귀어'의 줄임말이라니. 개인적으로 저렇게 줄여 쓰는 사람은 있지만, 아니다. 다른 댓글이 이어진다.

"사겨가 줄임말이지 무슨 사귀가 줄임말이에요?"

'사겨'라고? 그럴 듯해 보인다. 이 댓글에 종결자가 등장한다.

"사귀도 아니고 사겨도 아니고 '사귀어'랍니다."

유머 바깥을 보면 '사겨'를 많이 쓰고, '사귀'도 드물게 쓴다. 〈우리 사겨 보면 어때〉라는 노래 제목도 보인다. 인터넷 뉴스를 보면 '얼마나 사겨 봤는지', '오래 사겨' 같은 표현들도 눈에 띈다. 맞춤법에 맞지는 않지만, 이렇게들 줄이곤 한다. '사귀어'가 '사겨'로 줄어들 수 있다고 생각한 건지 모르겠다.

하지만 '사겨'로 줄어들려면 기본형이 '사귀다'가 아니라 '사기다'여야 한다. 그래야 자연스레 '사기어'가 '사겨'로 줄어들 수 있다. '다니어'가 '다녀'로 줄고, '견디어'가 '견뎌'로 줄어드는 것처럼 말이다. 그러나 맞춤법 규정에 따르면 'ㅟ+ㅓ'를 줄이는 문자는 없다. 핸드폰에서든 노트북에서든 '사귀어'를 '다녀'처럼 줄이려고 하면 '사구ㅕ'로밖에 표시되지 않는다.

맞춤법에서 허용하는 모음은 'ㅏ, ㅐ, ㅑ, ㅒ, ㅓ, ㅔ, ㅕ, ㅖ, ㅗ, ㅘ, ㅙ, ㅚ, ㅛ, ㅜ, ㅝ, ㅞ, ㅟ, ㅠ, ㅡ, ㅢ, ㅣ' 21개다. 이 가운데 줄어든 소리를 적을 수 있는 모음은 'ㅑ, ㅕ, ㅛ,

ㅠ, ㅒ, ㅖ, ㅘ, ㅙ, ㅝ, ㅞ, ㅢ' 이렇게 11개뿐이다. 눈을 씻고 찾아봐도 '사귀어'를 줄여 적을 문자가 없다.

'바뀌다'도 같은 처지다. '바뀌어'를 줄여 흔히 '바껴'라고 적는다. '바꾸+ㅕ'가 안 되니 이런 편법이 나왔을지도 모른다. 그렇지만 맞춤법에 민감한 사람이 보면 바로 지적이 들어온다. 보고서 등 공적인 문서에서라면 더욱 그렇다.

"'바뀌어'는 줄이면 안 되죠. 그대로 써야 됩니다. '바껴'는 틀린 표기예요."

그러나 〈우리 사겨 보면 어때〉라는 노래도 있을 정도인데, '사겨'도 맞춤법에 맞는 것으로 인정할 여지는 없을까? 아울러 '바껴'까지도 말이다.

'긴가민가하다'는 '기연가미연가하다'가 줄어든 말이다. 어떤 원리나 원칙에 따른 게 아니다. 어느 시절 사람들이 편리를 위해 줄였다. '놓아'를 줄여 '놔'라고도 적는다. 이것도 표준형이다. '줴박다'는 '쥐어박다'를 줄인 말인데,

'놓아'는 'ㅗ'와 'ㅏ'가 줄어 'ㅘ'가 쓰인 '놔'가 되지만, '사귀어'나 '바뀌어'는 'ㅟ'와 'ㅓ'가 줄어든 모음이 없어 모두 살려서 써야 한다.

《표준국어대사전》에 표준어로 잘 올라 있다.

나는 편하게 문자를 보낼 때 말하듯이 "다른 팀 동료들하고도 '사겨' 봐"라고도 하고 싶다. 대신 가볍지 않은 공간이라면 '사귀어'라고 할 것 같다. 무조건 모든 곳에서 규범 언어를 써야 하는 건 아니다.

말실수가 두려운 사람을 위한 우리말 사용법

아니예요는 없는 말이고,
이에요가 줄어서
예요가 된다

'아니에요'와 '아니예요'는 많이 헷갈리는 표현 중 하나다. 하지만 '아니에요'와 '아니예요'에 대해 말하기 전에 먼저 '이다'와 '아니다'에 대해 살펴보고 가는 게 좋겠다.

"그것은 사랑이다."

'이다'는 이렇게 어떤 사실을 긍정한다.

"그것은 사랑이 아니다."

'아니다'는 어떤 사실을 부정한다. 서로 반대말 같아 보인다. 하지만 '아니다'의 반대말은 '이다'가 아니다. 품사가 서로 다르기 때문이다. 학교에서는 '이다'를 서술격 조사라고 가르친다. 조사여서 앞말에 붙여 쓴다. 반면 '아니다'는 형용사라고 가르친다. 그렇지만 국어학자들 가운데는 '이다'를 형용사라고 보는 사람들도 많다.

동사와 형용사는 국어사전에 표제어로 올라 있는 기본형으로만 쓰이지 않는다. 상황에 따라 형태가 다양하게 바뀐다. 예를 들어 '아니다'는 '아니고, 아니었다, 아니겠다, 아니어요, 아니에요'처럼 변하면서 쓰인다. 이렇게 변하는 것을 가리켜 '활용'이라고 말한다. 그런데 학교에서 조사라고 가르치는 '이다'도 '이고, 이었다, 이겠다, 이어요, 이에요'처럼 변한다. 특이하다. 형용사 '아니다'처럼 활용할 뿐만 아니라 의미도 상태나 정체를 밝혀 주는 등 형용사 성질을 지녔다.

긍정과 부정. 이렇게 반대말 관계에 있는 '이다'와 '아니다'에는 특별하게 붙는 어미도 있다. '아니에요'인지 '아니예요'인지를 확실하게 기억할 수 있는 열쇠이기도 하다. 바로 '-에요'다. 실제 '-예요'라는 어미는 없다. '이다'와 '아니다'에는 '-에요'만 붙는다. 그러니까 '아니예요'라는 표기는 없다. "그것은 사랑이에요", "그것은 사랑이 아니에요"처럼 말이다.

그럼 "슬픈 노래예요"에서 '-예요'는 뭘까? 이때 '-예요'는 '-이에요'의 줄임말이다. '이다'와 어미 '-에요'가 결합한 '-이에요'가 줄어든 것이다. 본래 '노래이에요'인 것을 줄여서 '노래예요'라고 한 거다. 다른 예로 '나무예요'도 '나무이에요'를 줄인 표현이다. 이렇게 주로 '노래예요', '나무예요'라고 줄여 쓰다 보니 '노래이에요', '나무이에요'는 어색한 표현이 됐다.

이렇게 정리할 수도 있겠다. '노래'나 '나무'처럼 받침 없는 단어 뒤에는 '-이에요'가 줄어든 '-예요'가 오고, '사람'이나 '삶'처럼 받침이 있는 단어 뒤에는 '이에요'가 붙는다.

"사람이에요."

"삶이에요."

'아니에요'는 있지만 '아니예요'는 없다. 덧붙여 앞말에 받침이 있으면 '-이에요', 받침이 없으면 '-예요'라는 것을 기억하자.

'사람예요'나 '삶예요'라고는 하지 않는다.

'이다'에 '-어요'가 붙을 때도 그렇다. '노래이어요'는 '노래여요'로 줄지만, '사람이어요'는 '사람여요'로 줄지 않는다. '아니다'에 '-어요'가 붙은 '아니어요'는 '아녀요'로 줄고, '-에요'가 붙은 '아니에요'는 '아녜요'로 준다.

'가영'처럼 받침 있는 사람 이름 뒤에는 '이'를 붙여 '가영이'라고 쓰기도 한다. 이때 '이'는 말을 부드럽게 하기 위한 것인데, 이때도 '-예요'가 돼서 '가영이예요'라고 한다. 본래 '가영이'에 '이에요'가 붙은 '가영이이에요'지만, '가영이'에는 받침이 없다. 그러니 '노래예요'처럼 '가영이예요'가 된다. 이것이 자연스러운 표현이다. '이'를 붙이지 않으면 당연히 '가영이에요'다.

★★★★★

치를까, 치룰까?
담글까, 담굴까?
잠글까, 잠굴까?

친구 '그'는 세상 편하게 산다. 그가 어떤 걱정을 하거나 고민하는 걸 본 적이 없다. 그는 성격도 둥글둥글하고 낙천적이라는 말을 듣는다. 말도 둥글둥글 잘한다. 그런 그가 쓰는 말 중에 꼭 틀리는 게 있다.

"어제 잔금 치뤘어."
"이제서야 치른 거야? 지난주에 치렀는지 알았는데."
"그렇게 됐어."

나는 "주어야 할 돈을 내주다"는 말 '치르다'를 '치른, 치렀는지'라고 하는데, 그는 '치뤘어'라고 한다. '르'를 '루'로 바꾼다. '치르다'를 왜 저렇게 변형해서 쓰는지 물어보고 싶은 적도 있다. 그는 '따르다'는 '따랐어, 따른, 따라'라고 말하고 적었다. '따뤘어'라거나 '따룬, 따뤄'라고 하지 않았다.

"내가 먼저 한 잔 따랐지."
"분위기도 좋았겠네?"
"맛있게 따른다고 하더군."

나중에 알았다. 그는 '치르다'를 '치루다'로 알고 있었다. 그래서 어미 '어'를 붙일 때 '치뤄'라고 한 거였다. '치뤘다', '치룬', '치루니'라고 하고, '미루다'를 활용할 때 '미뤘다', '미룬', '미루니'라고 하는 것처럼 그의 입장에서는 옳게 사용한 거였다.

"'치루다'가 아니라 '치르다'야."
"'치루다' 아니었어?"

'치르다'가 아니라 '치르다'다. 그러니 '시험을 치렀다', '어제 치른 경기', '시험을 치르고 보니'라야 한다. 다음 문장들의 '치뤄지는, 치뤄졌다, 치뤄야'도 '치러지는, 치러졌다, 치러야'로 바꾸자.

"수능이 치러지는….."
"총선과 함께 시장 선거가 치러졌다."
"대가를 치러야 한다."

그는 '김치를 담그다'도 궁금해했다. '김치를 담궜다'라고 하거나 어중간하게 '담았다'라고도 하고 있었다.

"그럼 김치는 '담구는' 거야, '담그는' 거야? 아니면 '담는' 거야?"
"평소에 뭐라고 말해?"
"거의 '담궜다'고 하지."
"이것도 기본형을 '담구다'로 알고 있구먼. 왜 '으'를 '우'로 알고 있는 거야?"

"글쎄. 그냥 '담구다'로 들렸나 봐."

'담그다'가 기본형이다. 그러니까 '담구는'이 아니라 '담그는'이다. 김치, 장, 젓갈 같은 재료를 버무려서 익거나 삭도록 그릇에 넣어 둘 때 '담그다'라고 말한다. 된장이나 술을 발효시킬 때도 '담그다'라고 한다. 냇물에 발을 넣을 때도 '담그다'이다. '담그다'는 '담가, 담그니, 담갔다'처럼 활용된다.

"어제 김치를 담갔다."
"우리 집은 늘 김치를 담가 먹는다."
"냇물에 손을 담그니 시원하다."

'담구다'가 아니니 '담궜다, 담궈, 담구니'라고 하지 않기를. '잠그다'도 '잠구다'로 알고 '잠궜다, 잠궈, 잠구니'라고 말하기도 하는데, '잠그다'이다. 역시 '잠갔다, 잠가, 잠그니'로 활용된다.

'치러', '담가', '잠가'가 헷갈릴 때는 원형인 '치르다', '담그다', '잠그다'
에 '-아'가 붙은 것이라는 사실을 기억하자.

김장한 것을 두고 "김치 담았어?"라고 묻는 사람도 보인
다. 이 말을 그대로 받아들이면 김치를 통이나 그릇에 넣
었냐고 묻는 게 된다. '담았어'는 '담다'를 활용한 형태다.

"물통에 물을 담았다."
"쟁반에 떡을 담아."

김치를 담글 때 여러 재료를 버무린 배추를 통에 넣는
다. 배추를 그릇에 넣는 일, 이건 '담다'이다. '담다'는 단순
히 그릇에 넣는 것, '담그다'는 익히는 것이다.

★★★★★

익숙지라는 말보다
익숙치라는 말이
더 익숙하신가요?

자음 'ㅎ'은 소리를 내기가 힘들다. 그래서일까. 'ㅎ' 받침으로 끝나는 단어도 현재 쓰는 말 가운데는 하나밖에 없다. 바로 이것의 이름 '히읗'뿐이다. 'ㅎ'의 소리를 내려면 먼저 목청(성대)을 좁혀야 한다. 그리고 숨을 내쉬며 목청의 가장자리를 마찰해야 한다. 이때 목청은 자유롭게 늘어나기도 한다. 소리 나는 곳이 목청이어서 'ㅇ'처럼 목구멍을 본떠 만들었다. 다만 'ㅇ'보다 세게 나는 소리여서 'ㅇ'에 획을 더했다. 'ㅎ'이 받침으로 쓰일 때는 'ㄷ'과 같은 소리가 나는데, 혀끝을 윗잇몸에 붙여야 한다.

말실수가 두려운 사람을 위한 우리말 사용법

'ㅎ'은 다른 소리와 이어지면 거센소리가 난다. 'ㅎ'과 만나는 'ㄱ'은 'ㅋ', 'ㄷ'은 'ㅌ', 'ㅂ'은 'ㅍ', 'ㅈ'은 'ㅊ'으로 변한다. '각하'는 [가카], '맏형'은 [마텽], '좁히다'는 [조피다], '맺히다'는 [매치다]로 소리가 난다.

표기에서 'ㅎ'이 들어간 말들도 줄이면 거센 어감을 주는 것으로 바뀐다. '-하게'는 '케', '-하기'는 '-키', '-하지'는 '-치'로 줄기도 한다.

지금은 덜하지만 신문에서는 '-케, -키, -치' 등으로 줄인 표현을 쓰는 일이 흔했다. 끝없이 나오는 '-하게, -하기, -하지'들을 한 글자라도 줄이기 위해서였다. 지금도 지나치게 보이는 '-케'나 '-키'들이 있는데, 과거의 영향이다.

"일정하게 통일키로 했다."
"휴대를 간편케 했다."

이 정도는 봐줄 만한 걸까? 그래도 일상에선 이렇게 말하거나 쓰지 않는다. '통일하기로, 간편하게, 금지하기로'

가 더 자연스럽다. 습관이 된 사람들은 문장의 끝부분을 '-키'로 장식하기도 한다. '도입키로 했다, 시행키로 했다, 조정키로 했다'처럼 쓴다. 하지만 거센소리의 어감 때문인지 일상에선 거의 쓰지 않는다. 피하는 게 나아 보인다.

이 가운데 '도입키로'는 다른 문제도 있다. 맞춤법에도 맞지 않는다. 맞춤법에선 '하다' 앞에 오는 음절의 받침이 안울림소리일 때 '하'가 생략된다고 본다. 모든 모음과 울림소리인 'ㄴ, ㄹ, ㅁ, ㅇ' 뒤에서만 '하'가 흔적을 남긴다. 따라서 '금지하기로'는 '금지키로', '감탄하게'는 '감탄케', '분발하도록'은 '분발토록', '무심하지'는 '무심치', '허송하지'는 '허송치'가 된다. 이런 환경에서만 'ㅎ'이 남는다.

규정을 적용해 굳이 줄이면 '도입하기로'는 '하'가 생략되어 '도입기로'가 된다. 실제 이렇게 줄여 쓰는 사람들도 있다. '익숙하게'도 맞춤법에 어긋나는 '익숙케'를 피하려고 '익숙게'라고 적는다. 하지만 현실과 거리가 멀고 어색하다. 많은 사람이 줄여 쓰지 않는 말을 별 의미 없이 줄이면 거부감을 준다.

'ㅎ'은 '노란마을(ㄴ, ㄹ, ㅁ, ㅇ)'에 들어가면 거칠어진다는 것을 기억하면 줄임말 표기도 헷갈릴 일이 없다!

반면 '온전하지', '간단하지', '편하지' 같은 말들은 '온전치', '간단치', '편치'로 줄여 써도 자연스럽다. "편하지 않아"라고 말하는 사람보다 "편치 않아"라고 줄이는 사람이 많다. 이때는 줄이는 게 나을 수도 있다.

'하'가 생략되는 예로는 '깨끗하지'가 있는데, '깨끗지'로 줄어든다. '깨끗지'는 모음과 'ㄴ, ㄹ, ㅁ, ㅇ'을 제외한 받침일 때 '하'가 생략된다는 규정과도 맞는다. 어색하지도 않다. 마찬가지로 '거북하지'는 '거북지', '섭섭하지'는 '섭섭지'로, '익숙하지'는 '익숙지'로 줄여 쓴다. '거북치', '섭섭치', '익숙치'라고 적으면 맞춤법에 어긋난다.

'온전치', '편치' 같은 말들이 보여 주는 영향 때문에 [거북치], [섭섭치], [익숙치]로 소리 날 것 같지만 실제는 [거북지], [섭섭지], [익숙지]가 된다. 앞에 'ㄱ', 'ㅅ', 'ㅂ' 같은 받침이 오면 '하'가 사라져 버린다. 뒤에 '않다'가 올 때도 다음처럼 줄어든다. '깨끗잖다', '거북잖다', '섭섭잖다', '익숙잖다'. '생각하건대'도 '생각건대', '생각하다 못해'도 '생각다 못해'가 된다.

⭐⭐⭐⭐⭐

자랑스런 사람이나
자랑스러운 사람이나
대단한 건 똑같다

'굽다'는 재미있다. '등이 굽다'의 '굽다'와 '고기를 굽다'의 '굽다'는 형태만 같을 뿐 뜻은 다르다. 그뿐만 아니라 문장 안에서 변화하는 형태도 다르다. '등이 굽다'의 '굽다'는 "등이 굽었어"에서처럼 '굽'이 변하지 않고 그대로 있다. '굽고, 굽은, 굽어' 등으로 쓰인다.

하지만 "고기를 굽다"의 '굽다'는 "고기 빨리 구워"에서처럼 '굽'이 변한다. '굽'의 'ㅂ'이 '우'로 바뀌면서 '구워(구우+어)'가 된다. 모음 '어' 앞에서 'ㅂ'이 '우'로 바뀐다. 앞뒤의 모음들 사이에서 'ㅂ'이 그만 약해져 버리는 것이다.

'자랑스럽다'도 '고기를 굽다'의 '굽다'처럼 변한다. '자랑스러운'이 되는데, 더 나아가 '자랑스런'으로 줄기도 한다. 그런데 '-스러운'을 '-스런'으로 줄여도 되는지 찜찜하다. 지금은 덜하지만 한때 이런 질문을 적지 않게 받았다.

"'자랑스런'이라고 쓰면 안 되는 거야?"

나는 그때마다 "편한 대로 써"라고 했다. 무책임한 답변이 아니었다. '자랑스러운'을 누구나 '자랑스런'으로 편하게 줄여서 쓰고 있는데, 규칙을 들이대며 '틀렸다'고 답하는 게 오히려 적절해 보이지 않았다. '자랑스러운'으로만 쓰라고 하는 건 규칙을 위한 규칙 같아 보였다. '자랑스런'을 어색해하는 사람도 없었다.

그뿐만 아니라 오랫동안 써 온 일상의 표현이기도 했다. '자랑스런 ○○인 상', '자랑스런 ○○인' 등 '자랑스런'으로 시작되는 상 이름도 많았다. '자연스런'이 틀린 표현이라고 했다면 상 이름도 애초 이렇게 만들지 않았을 거다. 누구도 상 이름에 대해 시비를 걸지 않았다. 지금도 그렇다. 뒤늦게 '자연스런'에 규범의 잣대를 들이댈 일은 아니다. 국가의 어문 정책을 맡고 있는 국립국어원 누리집에는 다음과 같은 문답이 보인다.

> 질문: "영광스런 그 이름을 외치라"에서 '-스런'을 '-스러운'으로 바꾸라고 하는데 맞나요? 왜 '-스런'을 쓰면 안 되나요?
>
> 답변: '영광스러운'처럼 쓰는 것이 바릅니다. 기본형인 '영광스럽다'는 어간의 말음인 'ㅂ'이 모음으로 시작되는 어미 앞에서 '우'로 변하는 활용을 하는 용언으로서 '영광스럽+은'은 '영광스러운'처럼 쓰는 것이 바릅니다. 이를 '영광스런'처럼 줄여 쓰는 것은 적절한 표기로 인정하지 않습니다.

'새롭다'는 "새로운 거 없나"에서처럼 '새로운'이라고 쓰인다. '새론'으로 쓰이지 않는다. '가깝다'도 '가까운'이라고 하지 '가깐'이라고 줄이는 일은 없다. 그렇듯이 '영광스럽다'도 '영광스러운'으로만 줄여야 하고, '영광스런'은 안 된

'자랑스러운'은 '자랑스런'으로, '사랑스러운'은 '사랑스런'으로 줄여도
어색하지 않다.

다는 주장이다. 국어원의 이런 주장에 따라 '스럽다'를 '-스런'으로 줄이지 말고 반드시 '-스러운'으로 쓰라는 글들이 도처에 보인다.

그래도 우리의 언어 현실은 '-스런'이라고도 말한다. '사랑스런, 탐스런, 맛깔스런, 걱정스런, 만족스런'처럼 줄여 쓴다. 자주 쓰이는 단어들이다. 내가 일하던 신문사에서도 '-스런'을 자유롭게 쓰고 있고 누구도 탓하지 않는다. 현실을 반영한 것이다.

'사고 싶다마는'에서 '-마는'도 '-만'으로 흔히 줄인다. '하기는'의 '-기는'은 '-긴'으로, '해돋이는'의 '-이는'은 '-인'으로, '빠르기는'의 '-기는'은 '긴'으로 상황에 따라 때때로 줄여 말하고 적는다. '-스러운'을 '-스런'으로 줄이는 것도 '에서는'을 '-에선'이라고 하는 것과 크게 다르지 않다.

★★★★★

썬 김치는 있어도
썰은 김치는
없습니다

식품업체는 '썬 김치' 대신 '썰은 김치'라고 한다. 식품
업체가 내놓은 김치 이름이 모두 '썰은 김치'다. 맞춤법을
따르면 '썬 김치'라야 하는데, 굳이 '썰은 김치'라고 한다.
업체는 '썰은 김치'가 부르기 쉽고, 업계에서 흔히 쓰는
표현이라고도 했다. 그러나 업체의 답변처럼 '썰은 김치'
가 '썬 김치'보다 부르기 쉬운 말인지는 모르겠다.

한 방송사 시청자 게시판에 다음과 같은 글이 올라왔다.

"요리 프로그램에서 '썬 김치'를 '썰은 김치', '간 마늘'을 '갈은 마늘', '만 김밥'을 '말은 김밥'이라고 하는 것도 듣기 불편한데 아나운서가 '줄다'를 '줄은'이라뇨…. '먼 집'을 '멀은 집', '돌으라고', '밀으라고', '울으라고'처럼 잘못 쓰는 걸 듣습니다. '돌라고', '밀라고', '울라고'가 글자도 적고 발음도 편한데 왜 '으'라고 변형하나요?"

방송 뉴스뿐만 아니라 신문 기사에도, 일상의 언어에도 '썰은 김치' 같은 형태들이 흔하다.

"땀에 절은 유니폼."
"거칠은 들판."
"낯설은 사람."
"녹슬은 기찻길."

'전'이 아니라 '절은', '거친'이 아니라 '거칠은', '낯선'이 아니라 '낯설은', '녹슨'이 아니라 '녹슬은'이라고 해야 맞는다고 여기는 거다. '닦다'를 '닦은'이라고 하고, '먹다'를 '먹은',

'입다'를 '입은'이라고 하는 것처럼 말이다.

그렇지만 '절다, 거칠다, 낯설다, 녹슬다, 썰다'처럼 받침
이 'ㄹ'인 말들은 다르게 쓰인다. 'ㄹ'은 흐르는 소리다. 혀의
양옆을 숨이 흐르듯 지나면서 소리가 난다. 그래서 유음이
라고도 하고 흐름소리라고도 한다. 그래서 달, 별, 물, 불,
풀, 하늘 같은 말들은 움직이는 느낌을 준다.

이 'ㄹ'이 소리 나는 곳은 잇몸이다. 'ㄴ, ㄷ, ㅅ'도 같은 곳
에서 소리가 나는데, 이 소리들이 바로 이어질 때가 있다.
이런 상황에서 하나의 규칙 같은 게 생겼다. 'ㄹ'과 'ㄴ, ㄷ,
ㅅ'이 연달아 올 때 'ㄹ'이 탈락하는 것이다.

예를 들면 '하늘님'은 '하느님', '달달이'는 '다달이', '활살'
은 '화살'이 됐다. 말을 하다 보니 [하늘님], [달다리], [활
살]이라고 발음하기가 조금 불편했던 거다. 'ㄹ'을 빼고 쓰
는 게 편하고 좋았다. '나날이, 미닫이, 차돌' 같은 말들도
그렇게 만들어졌다.

'썰다'의 '써는'은 현재형이다. '가다'는 '가는', '떠나다'는

김치를 써는 중   썬 김치

말하기도 쓰기도 힘든데 굳이 늘려서 '썰은', '날으는', '낯설은'으로 쓰지 말자. '썬', '나는', '낯선'으로도 충분하다.

'떠나는', '뜨다'는 '뜨는'이 현재형인데, '는'이 현재형임을 알린다. 받침이 있는 '닦다', '웃다', '잡다'에도 그대로 '는'이 붙어 '닦는', '웃는', '잡는'이 된다. 그런데 앞서 밝혔듯이 'ㄹ' 뒤에 'ㄴ'이 오면 'ㄹ'이 탈락한다. '썰다'도 '는'이 붙을 때 'ㄹ'이 탈락하면서 '써는'이 된다.

'썬'은 과거형이다. '가다'는 '간', '떠나다'는 '떠난', '뜨다'는 '뜬'이 된다. 'ㄴ'이 과거형을 만든다. '가다'처럼 받침이 없는 말들에는 'ㄴ'이 붙는다. '닦다'처럼 받침이 있는 말들에는 '닦은, 웃은, 잡은'같이 '은'이 붙어 과거형이 된다. '썰다'처럼 'ㄹ' 받침인 말들에는 '가다'처럼 'ㄴ'이 붙는다. 'ㄹ'이 탈락할 것이라는 것을 염두에 둔 것처럼 그런다.

'날다'도 '나는/난', '벌다'도 '버는/번', '매달다'도 '매다는/매단'이 된다. 'ㄹ' 가볍게 사라져 버려도 낯설어 보이지 않는다.

★★★★★

그러지 않아도와
그렇지 않아도를
구별하는 법

친구는 '그렇잖아도'와 '그러잖아도'가 매번 헷갈린다고 투덜댄다.

"발목을 삐끗했다. 그렇잖아도 여기저기 아픈데, 또 다칠 뻔했다."

이 문장에서 '그렇잖아도'라고 써도 맞는 건지 모르겠다고 한다. '삐끗하다'는 말은 움직임을 나타내는 동사다. 그러니 이것을 대신하는 말도 동사여야 한다는 걸 그도 안다. '그렇잖아도'는 '그렇지 않아도'의 준말이고, '그렇다'는 상태를 나타내는 형용사라는 것도 잘 알고 있다. 그런데 '삐끗하다'가 동사라고 해서 '그러지 않아도'나 '그러잖아도'를 쓰면 어색하다고 했다.

"아픈 그가 나왔다. 그러지 않아도 되는데, 그랬다."

이 문장에서는 '그러지'가 확연하게 '나왔다'는 행동을 대신한다. '그랬다'도 '나왔다'를 대신한다. '그러지' 대신 '나오지'를 넣은 다음 문장을 보면 더 분명하게 알 수 있다.

"아픈 그가 나왔다. 나오지 않아도 되는데, 나왔다."

그럼 '발목을 삐끗했다. 그렇잖아도…'는 틀린 말일까? 맥락을 봐야 한다. '삐끗하다'가 움직임을 나타내는 동사라고 '발목을 삐끗했다. 그러잖아도…'라고 하면 다음 같은 문장이 되는 것과 같다.

"발목을 삐끗했다. 삐끗하지 않아도 여기저기 아픈데, 또 다칠 뻔했다."

어색하다. '발목을 삐끗했다. 그렇잖아도 여기저기 아픈데, 또 다칠 뻔했다'는 문장에서는 '삐끗했다'는 말 자체를 대신하는 말이 와야 하는 상황이 아니다. 발목을 삐끗해서 불편해진 '상태'를 대신하는 말이 와야 하기 때문에 '그렇잖아도'가 들어가야 한다.

'그렇잖아도'는 문장을 시작할 때도 흔히 보인다. '그렇잖아도 말하려고 했는데', '그렇잖아도 분위기가 안 좋은데' 등. 앞의 상태나 상황을 염두에 둔 표현들이다.

동사 '그러다'는 다음처럼 여러 형태로 활용되며 앞의 '행동'을 대신 나타낸다.

"내일부터는 매일 달리자."
"그러지 뭐."
"이제 그러지 않아도(그러잖아도) 돼."

앞에 동사(행동)가 오면 '그러다', 형용사(상태, 성질, 모양 등)가 오면 '그렇다'를 써야 한다.

"네가 그러면 나는 뭐가 돼."

형용사 '그렇다'는 '상태나 성질, 모양'을 나타내는 말들을 다음처럼 대신한다.

"저 산은 참 아름답다. 그렇지?"
"배가 고팠어. 그렇지 않아도(그렇잖아도) 빵을 먹었을 거야."
"너무 슬프대. 그러니 울지."

정리하면 '그러다'는 '그렇게 하다'를 뜻하며 앞에 오는 '행동'을 대신한다. '그렇다'는 '그와 같다'는 뜻으로 '상태나 성질, 모양'을 대신한다. 무엇을 대신하는 것일까. 이것이 '그러다'와 '그렇다'를 구별하는 열쇠다.

★★★★★

상태 뒤에는 않은가,
행동 뒤에는 않는가
정말 쉽지 않은가?

소개팅을 갔다 온 친구가 말이 없다.

"어땠어?"

"글쎄다."

"좋은 쪽이야, 나쁜 쪽이야?"

"뭐, 맑은 사람 같아."

이 대화에 보이는 낱말 가운데 '좋다', '나쁘다', '맑다'는
상태나 성질을 나타낸다. 이런 말, 즉 품사가 형용사인 말

들은 '좋은', '나쁜', '맑은'처럼 쓰인다. '좋다'나 '맑다'처럼 받침이 있는 말에는 '은'이 붙고, '나쁘다'처럼 받침이 없는 말에는 'ㄴ'이 붙는다. 누구도 '좋는'이라거나 '맑는'이라고 하지 않는다. 헷갈려 하지도 않는다. 그런데 '않다'는 그렇지 않다. '은'이 붙은 '않은가' 같기도, '는'이 붙은 '않는가' 같기도 할 때가 있다. 둘 중 하나는 써서는 안 되는 표현일까?

'않다'는 '-지 않다' 형태로 많이 쓰이며, 형용사와 동사를 오가며 쓰인다. 상황에 따라 '좋다', '나쁘다', '맑다'처럼 상태나 성질을 나타낼 때도 있고, '가다', '오다', '웃다'처럼 동작을 나타낼 때도 있다.

'-지 않다'에서 '않다'가 형용사인지 동사인지 판단하는 일은 그리 어렵지 않다. '않다' 앞에 오는 말을 따르면 된다. 형용사 '좋다'가 앞에 오면 이 말을 따라 '좋지 않은가'가 되고, 동사 '웃다'가 앞에 오면 이 말을 따라 '웃지 않는가'가 된다.

어렵지 않은 예시를 들어 보면 이해가 더 쉽겠다.

한 자격 시험장. 문제지를 받아 든 수험생이 깜짝 놀란다. 생각보다 문제가 아주 쉬웠다. 수험생이 아무도 안 들리게 속삭인다.

"이건 너무 쉽지 않은가?"

그렇다. '쉽다'가 상태를 나타내는 형용사이니 '않은가'가 와야 한다.

다른 예시를 하나 더 들어 보자.

두 달 뒤로 예정된 소비자 행사를 앞두고 한 식품 회사에서 다양한 의견이 쏟아졌다. 장소는 어디가 좋은지, 날짜는 언제로 잡아야 할지, 슬로건은 무엇으로 해야 할지 등 의견을 듣던 신입 사원의 뇌리에 다음 같은 말이 스쳤다.

'지금 핵심을 놓치고 있지는 않는가?'

'않다' 앞에 '놓치고 있다'가 보인다. '않는가'일까, '않은가'일까? '놓치다'는 움직임을 나타낸다. 이어지는 '있다'도 같이 묶여 있다. 그래서 '않는가'가 와야 어울린다. '-고 있다'에서 '있다' 앞에는 '놓치다' 같은 동사만 온다.

"막고 있지 않는가."
"보고 있지 않는가."

형용사인 '좋다', '맑다', '나쁘다' 뒤에 '있다'가 오면 어색하다. 좋고 있다? 맑고 있다? 나쁘고 있다? 이런 말들 뒤에는 '있다'가 오지 않는다.

대신 '기회가 있다', '마을이 있다'는 말 뒤에서는 '않은가'가 온다.

왜? 여기서 '있다'는 존재하는 상태를 나타내는 형용사다. '없다'의 반대말인 '있다'인 거다.

다음 예문과 헷갈리지 않기를 바란다.

"그는 집에 있다."

앞에 성질이나 형태를 나타내는 형용사가 오면 '않은가', 동작이나 작용을 나타내는 동사가 오면 '않는가'를 쓴다.

이 말은 그가 집에 머물러 있다는 걸 뜻한다. '동생은 대전에 있다'의 '있다'와 같다. 이 말은 동생이 대전에 거주하고 있다는 말이 되기도 한다. 따라서 "그는 집에 있다"는 "그는 집에 있지 않은가"라고 해야 한다.

앞에 '이다'가 올 때는 고개를 더 갸웃할 수도 있겠다. '예술적이다', '꿈이다', '동물이다'는 움직임을 나타내는 말이 아니다. 그렇다고 '좋다'나 '나쁘다'와 같아 보이지도 않는다.

"예술적이지 않은가."

"그건 꿈이지 않은가."

"인간은 사회적 동물이지 않은가."

'이다'가 붙은 말도 상태나 성질을 나타내는 형용사처럼 쓰인다고 본다. 따라서 '이다' 뒤에는 '않은가'가 온다.

★★★★★

비즈니스와 비지니스가
헷갈린다면
알아야 할 외래어 표기들

외래어는 외국에서 들어와 우리말처럼 쓰이는 말이다. 라디오, 바나나, 오렌지, 껌 같은 것들이다. 이런 말을 적기 위한 표기법이 있는데, 바로 외래어 표기법이다. 외래어 표기법에서는 원래의 지역에서 사용되는 음을 원칙으로 하되 이미 굳어진 말은 관용을 존중해 적도록 하고 있다. '라디오, 바나나, 오렌지, 껌' 같은 말들은 관용을 따르고 '데이터, 뉴스, 와인, 컴퓨터'는 원지음을 따라 적는다.

외국 사람의 이름이나 지명도 원칙과 관용을 존중하면서 외래어 표기법에 따라 적는다. 여기서 알아 둬야 하는 건 외래어 표기법이 외국 사람과 소통하기 위한 표기법이 아니라는 것이다. 외래어 표기법은 우리말을 하는 사람들끼리 소통하기 위한 표기법이다. 그래서 미국 뉴욕, 프랑스 파리, 독일 베를린에서 하는 발음과 우리의 표기가 다를 수 있다. 어떤 말들은 많이 다르기도 하다.

다음은 알아 두면 쓸모 있는 일곱 가지 외래어 표기 원칙이다.

첫째, 된소리는 적지 않는 걸 원칙으로 한다.

'까페'는 '카페', '바게뜨'는 '바게트', '빠리'는 '파리', '삐에로'는 '피에로', '똘스토이'는 '톨스토이'가 된다. 그렇지만 동남아 지역인 베트남과 태국어를 적을 때는 된소리로 적는 것도 있다. 베트남의 도시 '호치민'은 '호찌민', 태국의 도시 '푸켓'은 '푸껫'이다.

둘째, 외래어의 받침에는 'ㄱ, ㄴ, ㄹ, ㅁ, ㅂ, ㅅ, ㅇ'만 쓰인다.

'p'가 받침으로 쓰일 때는 'ㅍ'이 아니라 'ㅂ'이 되고, 't'가 받침으로 쓰일 때는 'ㅌ'이 아니라 'ㅅ'으로 적어야 한다. 이 원칙에 따라서 표기해 보자면 '커피숍(coffee shop)', '슈퍼마켓(supermarket)'이 된다.

셋째, 영어의 이중 모음 '오우'는 '오'로 적는 게 원칙이다.

'레인보우'는 '레인보', '보울링'은 '볼링', '스노우'는 '스노', '윈도우'는 '윈도'가 된 이유다.

넷째, 'ㅈ'과 'ㅊ'은 이중 모음과 같이 쓰지 않는다.

이중모음으로 발음되지 않기 때문이다. 영어뿐만 아니라 다른 외국어에서 온 말들에서도 그렇다. '쟈, 져, 죠, 쥬, 챠, 쳐, 쵸, 츄'라는 표기는 없다고 생각하면 된다. 이 글자들은 각각 [자, 저, 조, 주, 차, 처, 초, 추]로 발음된다. '벤처, 비전, 스케줄, 주스, 차트, 초콜릿, 텔레비전'처럼 적어야 한다.

다섯째, 로마자 'f'는 'ㅎ'이 아니라 'ㅍ'으로 적는 게 원칙이다.

그래서 '파일(file)', '파이팅(fighting)', '파이버(fiber)', '파이트머니(fight money)'로 적는다.

'비즈니스(business)'는 원어의 'i' 때문인지 '비지니스'로 적는 일이 흔하다. 하지만 'i'가 묵음이어서 '비즈니스'다. 영국 스코틀랜드에 있는 도시 '에든버러(Edinburgh)'에서도 'i'가 묵음이다. '에딘버러'가 아니라 '에든버러'로 적어야 한다. 문자가 아니라 발음을 따라야 한다. '악세서리'는 '액세서리', '컨텐츠'는 '콘텐츠'가 맞는 표기인데, 역시 이 표기들이 현지음에 가까워서다.

'콘텐트(content)'라고 하지 않은 건 복수형 '콘텐츠(content)'가 우리말 속으로 들어와 널리 쓰이고 있기 때문이다. 영어가 아니라 외래어로서 '콘텐츠'를 인정한 것이다.

여섯째, 일본어를 한글로 적을 때는 앞머리에 'ㅋ, ㅌ, ㅊ'이 오지 않는다. 모두 'ㄱ, ㄷ, ㅈ'으로 적어야 한다.

'ㅋ, ㅌ, ㅊ'은 단어의 중간이나 끝에 올 때만 가능하다.

외래어 표기법은 원칙적으로 원어 발음을 최대한 존중한다. 대부분 언어에서 된소리를 적지 않는 게 원칙이다. 또한 문자 그대로를 따르지 않고 발음을 따르는 경우가 많다.

이것은 일본어를 한글로 적을 때 중요한 원칙 가운데 하나다. '토쿄'나 '쿄토'가 아니라 '도쿄'이고, '교토'로 적어야 한다. 일본의 자동차 회사도 '토요타'가 아니라 '도요타'로 적는 게 규범에 맞는 표기다. 언론에 '토요타'로 종종 나오는 건 한국 판매 법인의 명칭이 '한국토요타자동차'여서 그렇다. '큐슈'도 마찬가지로 '규슈'이지만, '기타큐슈'에서는 '큐슈'다. 'ㅋ'이 단어의 중간에 오기 때문이다.

일곱째, 일본어를 적을 때도 된소리가 없다고 생각하면 된다.

다만 'ㅆ' 표기는 있다. 'k, t, p'가 'ㄲ, ㄸ, ㅃ'에 가깝다고 느끼는 사람들도 있지만, 인정하지 않는다. '다케시마', '오키나와', '후쿠시마'로 적어야 한다. 'ㅉ'와 'ㅊ' 표기는 없는데, 대신 'ㅆ'로 적어야 한다. '쓰시마섬, 쓰나미, 고마쓰, 미쓰비시'처럼 적어야 한다.

'ㅇ' 받침도 없다. 'ㅇ'이 아니라 'ㄴ'으로 적어야 한다. '오덴'이 되지 않고 '오뎅'이 된 건 관용에 따른 것이다. 구로사와 아키라 감독의 영화도 〈라쇼몬〉이 규범에 맞는 표기다.

쓰는 사람만 편하고
읽는 사람은 불편한
줄임말

보고서를 읽다가 '예산을 투입기로 했다'는 문장이 눈에 들어왔다. '투입기로'라는 표현이 생소했다. 보고서의 문장들은 깔끔하지 않았는데, '투입기로'에서는 뭔가 철저하다는 걸 보이고 싶어 한다는 느낌이 들었다. '남들이 잘 모르거나 지나치기 쉬운 맞춤법도 자신은 잘 알고 지킨다는 걸 내보이고 싶었구나' 하는 생각이 들기도 했다.

못마땅했다. 그냥 '투입하기로'라고 하면 어디가 덧나나? 아무리 규범에 맞는다 하더라도 어색함을 주면서까지 '투입기로'라고 표현하지 않으면 안 되는 절박한 상황이라면 혹 모를까 '투입기로'라고 쓰는 건 지나쳐 보였다.

'ㅂ' 같은 무성음, 즉 성대를 진동시키지 않고 내는 소리 다음에는 '하'가 생략된다. '투입키로'라고 쓰는 사람들을 향해서 이런 규범을 적극 보여 주고 싶었는지도 모르겠다. 물론 우습게도 '투입하기로'라고 쓰려고 했는데, 어찌하다 탈자를 낸 것일 수도 있다. 그렇다면 마음속으로 쏟아낸 비판들이 미안해진다.

지금은 줄었지만, 한때 신문 기사들에서는 '투입하기로'를 '투입키로'처럼 반드시 줄여 쓰는 원칙 같은 게 있었다. 적은 지면에서 한 글자라도 줄이는 건 당연한 일이었다. 나는 '투입키로'는 규범에 맞지 않는다고 알렸다. '투입기로'가 규범이지만, 현실적이지 않으니 말할 때처럼 '투입하기로'로 쓰라고 했다. '투입하기로'는 줄이면 어떻게든 이득이 없었다.

반면 '하여'를 '해'로 줄이는 건 호응을 받았다. 글자 수가 줄어든다는 이점도 있었고, 말할 때와 같다는 점도 공감을 얻었다. 그래서 기사의 문장들에서는 자동적으로 '하여'는 '해'로, '되어'는 '돼'로 줄어든다.

"지명 타자로 출전해 3안타를 기록했다."
"삶의 방식에 변화를 일으키는 교육이 돼야 한다."

이렇게 적으면 읽는 데도 속도감을 준다.

그리고 모음으로 끝나는 낱말에는 웬만하면 '이다' 대신 '다'를 붙인다. 특별한 상황이 아닌 한 모음으로 끝난 낱말에 '이다'가 붙는 예는 찾기 힘들다. 발견한다면 실수거나 귀찮아서 그냥 둘 때다.

"앞서가는 제도다."
"그것은 좋은 기회다."

연결 어미 '-다가'도 '-다'로 줄여 쓰려고 한다. 그럼 때로 문장이 끝난 상태인데, 마침표를 찍지 않았다는 착각을 하게 할 때도 있다.

"거실에서 잤다 잠만 설쳤다."

"오랫동안 과장이었다 부장이 된 그다."

이럼 '거실에서 잤다'에서 끊어지는 느낌을 준다. '과장이었다'에서도 그렇다. 더 줄여 쓸 때도 이렇게 줄이지는 않는다. 아무 때나 줄일 일은 아니다.

어느 날 한 후배가 물었다.

"인터뷰 기사에서 질문을 적을 때 물음표를 붙이면 안 되나요?"

신문에선 오랫동안 물음표를 붙이지 않았다. 지금도 그렇다. 이건 순전히 세로쓰기로 신문을 제작하던 시절의 영향이다. 가로쓰기가 아니라 세로쓰기에서는 물음표가 더 길게 자리를 차지한다. 다행히 질문은 거의 의문형으로 끝난다. 의문형이 아니더라도 묻는 말이라는 표시가 난다. 자연스레 물음표를 찍지 않는 게 원칙처럼 됐다. 이

스스로 무의미하게 말을 줄여 쓰고 있지는 않은지 점검해 보자. 자리가
모자라거나 꼭 줄여야 하는 상황이 아니면 본말을 살려 적도록 하자.

제는 세로쓰기가 아니라 가로쓰기를 하고 있고, 기사를 전달하는 공간도 넓어졌다. 물음표를 찍든 안 찍든 상황에 따라 자유롭게 오가도 될 일이다. 어떤 글에서도 마찬가지지만, 기준은 필자가 아니라 독자의 편의겠다.

그러나 어떤 글에서든 느낌표는 절제하는 게 좋다고 생각한다. 어떤 때는 남발해서 호들갑 떠는 것 같고, 어떤 때는 독자에게 괜히 느껴 보라고 강요하는 것 같다.

"이 푸르른 자연!"

신문 기사들에서는 애초 물음표와 같은 이유로 느낌표도 쓰지 않는다. 세로쓰기 시절 길게 늘어져 괜한 자리를 차지한다고 봤다. 느낌표 대신 마침표를 찍으면 어떨까?

"이 푸르른 자연."

이런 분위기에 익숙해져서인지 더 담백해 보인다.

★★★★★

ICAO, NYT, WSJ 같은
로마자 약칭이
글을 어렵게 만든다

"기사에 로마자로 된 약칭이 너무 많은 거 아냐? 뭐가 뭔지 잘 모르겠더라구."

어느 날 가까운 친구가 말했다.

"쉽게 써라. 글을 읽을 수 있는 사람이면 누구나 알 수 있게 쓴다는 생각으로 쉽게 써라."

기자들은 이런 주문 같은 지시를 받는다. '쉽게'는 쉽게 실천할 수 있는 말 같지만, 글을 쓰다 보면 '쉽게'는 어려운 주문이다. 생각을 말로 할 때와 달리 글로 옮길 때는 대부분 더 어려워진다. 장황하게 풀어 가거나 폼을 잡으려고 한다. 때로는 자기 생각에 지나치게 갇혀 전달력을 떨어뜨린다. '쉽게'보다 남들이 하는 대로 따르다가 어렵게 만들기도 한다. 그 가운데 하나가 로마자로 된 약칭이다.

로마자 약칭은 신문 기사에도 많이 보이지만, 행정 기관의 공문서, 기업의 문서에서도 적지 않게 보인다. 언론의 영향 때문일 수도 있다. 어떤 사람은 로마자 약칭 표기를 원칙이라고 말하고, 누구는 폼나고 세련된 방식이라고도 한다. 그렇지만 글쓰기의 첫 번째 원칙인 '쉽게 쓰라'는 차원에서 보면 얘기가 달라진다.

나는 '국제 민간 항공 기구'의 약칭인 'ICAO'를 기사에서 자주 접한다. 'ICAO'라고 적지 않은 기사는 원칙에 맞게 'ICAO'로 바꾸거나 새로 넣기도 했다. 그래서 'ICAO'가 무엇을 가리키는 것인지 바로 안다. 그러나 친구는 'ICAO'를 몰랐다. 짐작하기도 쉽지 않았다. 전달하는 쪽

에서는 자신이 아니까 쉽다고 생각하지만, 받아들이는 쪽
에서는 그렇지 않다. 스타일을 고집하다가 읽기를 어렵게
하고 있었다.

기사에서는 대부분 다음 같은 방식으로 쓰인다.

"한국이 국제 민간 항공 기구(ICAO) 이사국 연임에 성
공했다."

처음에는 이렇게 '국제 민간 항공 기구(ICAO)'라고 적
고 그다음부터는 'ICAO'라고 적는다. 글자 수가 줄어들어
경제적이라는 이유를 댄다. 그렇지만 기사 중간이나 끝부
분에 나타나는 'ICAO'를 아는 독자는 많지 않다. 'ICAO'
를 읽지 않고 넘어가는 독자도 있다. 읽고 넘어가는 독자
도 두 부류로 나뉜다. '아이시에이오' 또는 '이카오'다. 경
제적이지 않다.

약칭은 또 하나의 명칭이다. 국제 민간 항공의 평화적
이고 건전한 발전을 도모하기 위해 설립된 유엔 전문 기
구 명칭을 불필요하게 두 개로 쓰는 셈이다. 경제적 표현

문장은 돈이 아니다. 줄이고 줄인다고 경제적으로 읽히지 않는다. 필요하다면 약칭을 사용하되 최대한 본 이름을 밝혀 적자.

을 위해 쓰는 약칭이 제대로 구실을 못 하는 것이다. 이어지는 문장들에서도 '국제 민간 항공 기구'로 적는 게 더 경제적이다. 독자들을 위해 온전하게 적는 게 더 낫다. 그래도 줄이는 게 나은 상황이라면 '국제 민항 기구' 또는 '민항 기구'로 줄이는 것도 생각하고 써야 한다고 본다.

국제기구나 외국의 단체를 가리킬 때 로마자로 된 약칭을 그대로 가져오는 게 상식처럼 자리 잡았다. 언론에서 쓰는 방식이 일상으로도 넘어온다. 미국 신문 《월 스트리트 저널》은 《WSJ》로, 《뉴욕 타임스》는 《NYT》로 옮겨진다. 각각 글자 수를 네 개, 두 개 줄이는 효과를 거둔다. 시사에 밝거나 언론계에 종사하는 이들이 아니라면 《WSJ》가 《월 스트리트 저널》이라는 것을 바로 알지 못한다. 약칭이 꼭 필요한 정보라면 《월 스트리트 저널》(WSJ)이라고 적고 다음부터 《월 스트리트 저널》이라고 해도 된다.

줄인다고 다 경제적인 건 아니다. 경제성은 효율적이냐가 본질이다. 온전하게 다 쓰는 게 더 효율적이라면 그대로 쓰는 게 낫다.

주어와 서술어가
손을 잡아야
완전한 문장이 된다

문장의 종류는 크게 세 가지다. 그리 복잡하지 않다.

첫째, 무엇이 무엇이다.

둘째, 무엇이 어찌하다.

셋째, 무엇이 어떠하다.

각각 예문을 보이면 다음과 같다.

"사과는 과일이다."

"사람이 온다."

"바람이 따듯하다."

'이다'로 끝나든, '온다'처럼 동사로 끝나든, '따듯하다'처럼 형용사로 끝나든 모든 문장은 주어가 있다. 서술어도 반드시 있다. 생략돼 있더라도 있는 거다. 둘 중 하나가 없으면 문장은 뒤틀린다. 둘이 잘 맞지 않으면 문장은 어지러워진다. 주어와 서술어가 잘 이어지는지 보라고 곳곳에서 강조한다. 가장 기초적인 것이라고 말하지만 쓰다 보면 말처럼 되지 않는다.

'무엇이'와 '무엇이다', '어찌하다', '어떠하다' 사이가 길게 벌어지기도 한다. 그럼 '무엇이'를 놓칠 때가 있다. '무엇이'를 꾸미는 말들을 지나치게 늘어놓다 보면 '어찌하다'와 '어떠하다'를 빠뜨리기도 한다. 많은 문장이 "사과는 과일이다", "사람이 온다", "바람이 따듯하다"처럼 단순하지는 않다. '사과'와 '과일' 사이, '사람'과 '온다' 사이, '바람'과 '따듯하다' 사이에 여러 가지 말을 넣게 된다.

게다가 주어로 쓰이는 말들에 '이'만 붙는 것도 아니다. '은'도, '에서'도, '에서는'도 붙는다. 이렇게 변화가 올 때 주의력을 잃어서 주어와 서술어가 따로 놀게 될 때도 있다. 말들을 많이 연결하다 보면 앞은 못 보고 뒤만 보다 실수를 하기도 한다. 앞과 뒤를 잘 살피는 게 중요하다. 문장의 시작과 끝에 집중해야 한다.

"그가 회사를 대표하는 사람들을 만나기까지는 수많은 우여곡절 끝에 전격적으로 이뤄졌다."

→ "그가 회사를 대표하는 사람들을 만나기까지는 수많은 우여곡절이 있었다."

길어지면 이런 문장도 나온다. 쓰고 나서 바쁘다는 핑계로 다시 읽지 않은 결과다. 다시 읽어 보는 것과 간결하게 쓰겠다는 생각이 중요하다. 거창해질 필요도 없다.

"우리는 다른 회사들보다 너무 뒤처지면 안 되기 때문에 기술 개발을 서둘러야 한다."

→ "다른 회사들보다 너무 뒤처지면 안 되기 때문에 우리는 기술 개발을 서둘러야 한다."

→ "다른 회사들보다 너무 뒤처지면 안 된다. 우리는 기술 개발을 서둘러야 한다."

처음의 문장은 주어와 서술어 사이가 너무 멀어졌다. 그래서 어색하고 어려운 문장이 됐다. 주어와 서술어를 가까이 하자는 지침을 만들게 하는 문장이다. 문장을 둘로 나누면 더 간결해진다. 읽기 쉽고 전달력이 높아진다는 얘기다. 글은 다 써 놓고 항상 다시 읽어 봐야 한다.

"이 작품에는 주인공의 강인함을 한겨울 소나무에 비유했다."

→ "이 작품에서는 주인공의 강인함을 한겨울 소나무에 비유했다."

→ "작가는 이 작품에서 주인공의 강인함을 한겨울 소나무에 비유했다."

처음의 문장에는 주어가 없다. '작품에는'은 주어가 아니다. 주어를 생략한 구조도 아니다. 게다가 이 문장은 '작품에는'과 연결되는 말도 없어서 비문이 되고 말았다. 두 번째 문장처럼 써야 바른 문장이 된다. 사실 이 문장은 '작가'라는 주어 생략됐다. 마지막 문장처럼 '작가'를 넣으면 좀더 선명한 문장이 될 수 있다.

"우리 회사는 창사 이래 매년 가을 이웃 돕기 바자회를 열고 있으며, 올해로 30년째를 맞는다."

→ "우리 회사는 창사 이래 매년 가을 이웃 돕기 바자회를 여는데, 올해로 30년째를 맞는다."

→ "우리 회사는 창사 이래 매년 가을 이웃 돕기 바자회를 연다. 올해로 30년째를 맞는다."

처음 문장의 주어 '회사는'은 서술어 '열고 있으며'와 호응한다. '있으며'가 다음에 오는 절을 연결하고 있는 걸 보면 이어지는 절의 주어도 '회사는'이어야 한다. 그런데 이어지는 절의 서술어 '맞는다'는 '회사는'과 호응하지 않는

하룻밤 사이
눈발이 커졌다

하룻밤 사이
눈발이 거세졌다

문장을 쓰고 다시 한번 읽어 보는 습관을 들이자. 주어가 서술어로 가는 길이 끊겨 있을 수도 있다.

다. '맞는다'의 주어는 '바자회'여야 한다. 세 번째 문장처럼 문장을 두 개로 나누는 게 낫다. 두 번째 문장처럼 '바자회를 여는데'라고 하면 이어지는 절의 주어는 달라진다. 이때는 주어 '바자회'를 드러내지 않고 생략해도 된다.

다음 같은 문장처럼 주어가 두 개일 때도 서술어를 놓치는 일이 많다.

"하룻밤 사이에 통증의 빈도와 세기가 더 커졌다."

'빈도'는 같은 일이 되풀이되는 정도나 횟수다. '빈도'는 '잦아지다'나 '늘어나다', '증가하다' 같은 말들과 어울린다. '세기'는 물질의 성질이 센 정도를 뜻한다. 예문에서처럼 '커지다'와 잘 호응한다. '빈도'와 '세기'를 나열하다 '세기'의 서술어만 생각하게 됐다. 다음처럼 써야 자연스럽다.

"하룻밤 사이에 통증의 빈도는 잦아지고, 세기는 더 커졌다."

말실수가 두려운 사람을 위한 우리말 사용법

© 이경우 2025

인쇄일 2025년 3월 25일
발행일 2025년 4월 1일

지은이 이경우
펴낸이 유경민 노종한
책임편집 조혜진
기획편집 유노북스 이현정 조혜진 권혜지 정현석 **유노라이프** 구혜진 **유노책주** 김세민 이지윤
기획마케팅 1팀 우현권 이상운 **2팀** 이선영 최예은 전예원 김민선
디자인 남다희 홍진기 허정수
기획관리 차은영
펴낸곳 유노콘텐츠그룹 주식회사
법인등록번호 110111-8138128
주소 서울시 마포구 월드컵로20길 5, 4층
전화 02-323-7763 **팩스** 02-323-7764 **이메일** info@uknowbooks.com

ISBN 979-11-7183-094-7 (03800)

- — 책값은 책 뒤표지에 있습니다.
- — 잘못된 책은 구입한 곳에서 환불 또는 교환하실 수 있습니다.
- — 유노북스, 유노라이프, 유노책주는 유노콘텐츠그룹의 출판 브랜드입니다.